U0693598

有趣生活

梁实秋

著

中国出版集团　现代出版社

Contents 目录

人生趣谈

流行的谬论 003

谈话的艺术 012

谈学者 016

谈时间 020

谈考试 024

谈友谊 028

写信难 032

代沟 036

沉默 041

为什么不说实话 044

萝卜汤的启示 046

了生死 048

升官图 051

说胖 055

谈礼 058

废话 061

应酬话 064

小声些！ 066

剽窃 068

名片 071

撒网 072

小德出入 074

吐痰问题 075

衣食苦乐

喝茶 079

饮酒 083

请客 087

喜筵 091

厨房 095

记日本之饮食店 099

饭前祈祷 103

生病与吃药 107

病从口入 110

好容易过了端午节 112

戒烟 115

狗肉 118

炸活鱼 122

狗 125

人间悲喜

生日 129

房东与房客 132

住一楼一底房者的悲哀 136

洗澡 140

粽子节 142

关于苹果 143

快乐 146

义愤 149

怒 151

守时 153

礼貌 157

让 161

骂人的艺术 164

雅人雅事 170

花钱与受气 172
时间观念 174
看相 176
蚊子与苍蝇 178
旅行 180
感情的动物 182
缠足 183
半开门 185
让座 186
让座的惨剧 188
在电车里 191
小人开心 193
绰号 194
留学生市价低落 196

有趣生活

广告 201
推销术 205
吃 209
吃相 211
馋 213
圆桌与筷子 217
包装 221
「麦当劳」 225
吃在美国 228
康乃馨牛奶 232
「啤酒」啤酒 236
读《烹调原理》 240
读《媛珊食谱》 246
《饮膳正要》 250
读《中国吃》 254
再谈「中国吃」 265

人生趣谈

流行的谬论

有许多俚语俗谚，都是多少年来的经验与智慧累积锻炼而成的。简单的一句话，好像含着颠扑不破的真理。所以在言谈之间，常被撅引，有时候比古圣先贤的嘉言遗训还更亲切动人。由于时代变迁，曩昔的金言有些未必可以奉为圭臬，有些即使仍在流行，事实上也已近于谬论。如要举例，信手拈来就有下面几条。

一、树大自直

一个孩子，缺乏家教，或是父母溺爱，很容易变成性情乖张，恣肆无礼，稍长也许还会沾染恶习，自甘堕落。常言道："三岁看小，七岁看老。"悲观的人就要认为这个孩子没有出息，长大了之后大概是败家子或社会上的蛀虫。有些人比较乐观（包括大多数父母在内），另有想法："没关系，树大自直。""浪子回头金不换"的故事不是常有所闻吗？

树大会不会都能自直，我怀疑。山水画里的树很少是直的，多半是欹里歪斜的，甚或是悬空倒挂的。"抚孤松而盘桓"，那孤松不歪不斜便很难去抚。景山上的那棵歪脖树，是天造地设的投缳殉国的装备，至今也没有直起来。当然，山上的巨木神木都是直挺挺地矗立着的，一片片的杉木林全是栋梁之材，也没有一棵是弯曲的。这些树不是长大了才变直，而是生来就直。堂前栽龙柏，若无木架扶持，早晚会东倒西歪。

　　浪子回头的事是有的，但是不多，所以一有这种事情发生，便被人传颂，算是佳话。浪子而不回头者则比比皆是，没有人觉得值得齿及。没出息的孩子变得有出息，我们可以举出许多例子，而没出息的孩子一直没出息到底，则如恒河沙数。

　　树要修要剪、要扶、要培。孩子也是一样。弯了的树不会自直，放纵坏了的孩子大概也不会自立。西谚有云："舍不得用板子，便会纵坏了孩子。"约翰逊博士不完全反对体罚，孩子的行为若是不正，在他身上肉厚的地方给几巴掌，他认为是最简捷了当的处理方法。

二、虱多不痒，债多不愁

　　晋王猛"扪虱而言，旁若无人"，固然是名士风流，无视权势。可是他的大布褂内长满了体虱（有无头虱阴虱我们不知道），那份奇痒难熬，就是没有多少经验的人也能想象得出。嵇康与山巨源绝交，也自称"性复多虱，把搔无已"，作为不堪"裹以章服揖拜上官"的理由之一。若说虱多不痒，天晓得！虱不生则已，生则繁殖甚速，孵化很快，虱愈多则愈痒，势必非"似倩麻姑痒处搔"不可。

对许多人而言，借贷是寻常事。初次向人告贷，也许带有几分忸怩，手心朝上，口将言而嗫嚅。既贷到手，久不能偿，心头不能不感到压力，不愁才怪！债愈多则压力愈大。债主逼上门来，无辞以对，处境尴尬，设若遇到索债暴徒，则不免当场挂彩。也许有人要说，近有以债养债之说，多方接纳，广开债源，信额愈大，则借贷愈易，于是由小债而变成大债，挹彼注此，左右逢源，最后由大债而变成呆账，不了了之。殊不知这种缺德之事也不是人尽能为，其人必长袖善舞而且寡廉鲜耻，随时担着风险，若说他心里坦然，无忧无虑，恐亦不然。又有人说，既不能偿，则走为上计。昔人有"债台高筑"之说，所谓债台即是逃债之台。如今时代进步，欲逃债可以远走高飞，到异乡做寓公，不必自己高筑债台，何愁之有？殊不知人非情急，谁也不愿效狗急之跳墙。身在外邦，也要藏藏躲躲，见不得人，我猜想他的那种生活也不是一个愁字了得。

有虱必痒，债多必愁。

三、老天爷饿不死瞎家雀儿

有人真相信"天地之大德曰生"，对于一切有情之伦挣扎于濒死边缘好像视若无睹。人间有无法糊口者，有生而残障者，有遭逢饥馑、旱涝蝗灾、辗转沟壑者。他认为不必着慌，"船到桥头自然直"，冥冥之中自有主宰，到头来大家都有饭吃。即使是一只瞎家雀儿也不会活生生地饿死。

谁说的！我在寒冷的北方就不止一次看到家雀儿从檐角坠下，显然是饥寒交迫而死的，不过我没有去验它是否瞎。我记得哈代有一首诗，题曰"提醒者"，大意是说他在圣诞前夕正在准备过一个快乐的夜晚，忽见窗外寒枝之上落着一只小鸟，冻得直哆嗦，饿得啄食一个硬干果，一下子坠下去，像个雪球似的死了。他叹道，我难得刚要快活一阵，你竟来提醒我生活的艰难困苦！这是典型的悲观主义者哈代的一首小诗，他大概不知道我们的那句俗话"老天爷饿不死瞎家雀儿"。麻雀微细不足道，但是看看非洲在旱灾笼罩之下，多少人都成了饿殍，白骨黄沙，惨不忍睹，是人谋不臧，还是天降鞠凶？人在情急的时候，无不呼天抢地，天地会一伸援手吗？有些地方旱魃肆虐，忽然大雨滂沱，大家额手相庆，感谢上苍，没有想到雨水滋润了干土，蝗虫的卵得以在地下孵化，不久就构成了蝗灾。老天爷是何居心？

天生万物，相克相杀，没有地方讲理去，老天爷管不了许多。

四、好的开始便是成功的一半

这句话是从外语翻译过来的，很多人常把这句话挂在嘴边，未尝不是一句善颂善祷的话，当事人听了觉得很受用。但是再想一下，一个辉煌的开始便是百分之五十成功的保证，天下有这等便宜事？

《诗经·大雅·荡》："靡不有初，鲜克有终。"是比较平实的说法。我们国人做事擅长的一手是"五分钟热度"，在开始的时候激昂慷慨，铺张扬厉，好像是要雷厉风行，但是过不了多久，渐渐一切抛在脑后，虽然口里高唱"贯彻始终"，事实上常是有始无终。

参加赛跑的人，起步固然要紧，但最后胜利却系于临终的冲刺。最近看我们的一个球队参加国际比赛，开始有板有眼，好一阵子一直领先，但是后继无力，终落惨败。好的开始似乎无关最后的成败。

五、眼不见为净

老早有人劝我别吃烧饼，说烧饼里常夹有老鼠屎，我不信。后来我好奇，有一天掰开烧饼看看，赫然一粒老鼠屎在焉。"一粒老鼠屎搅坏一锅粥！"从此我有了戒心，不敢常吃烧饼。偶然吃一次，必先掰开仔细看看。

有人笑我过分小心。他的理论是：我们每天吃的东西种类繁多，焉能一一亲自检视，大致不差也就是了，眼不见为净。人的肉眼本来所见有限，好多有毒的或无害的微生物都不是肉眼所能窥察到的。眼见的未必净，眼不见的也未必不净。他这种说法好有一比。现代司法观念之一是：凡嫌犯之未能证实其为有罪之前，一律假设其为无罪。食物未经化验其为不净，似乎也可以认为它是净的。这种说法很危险，如果轻信眼不见为净，很可能吃下某些东西而受害不浅，重则致命，轻则缠绵病榻，伏枕呻吟。

科学方法建立在几项哲学假设之上，其中之一是假设物质乃普遍一致。抽样检查之可靠性也是假立其全部品质都是一样的。我们除了信赖科学检验之外别无选择。俗话说："过水为净。"不失为可行，蔬菜水果之类多洗几遍即可减少其中残留的农药。不过食物不是都可以水洗的。

"眼不见为净"之说固不可盲从，而所谓"不干不净，吃了没病"之说简直是荒谬。

六、伸手不打笑脸人

笑脸是不常见的。常见的是面皮绷得紧紧的驴脸、可以刮下一层霜的冷脸、好像才吞了农药下去的苦脸、睡眠不足的或是劬劳瘠悴的病脸，再不就是满脸横肉的凶脸。所以我们偶然看见一张笑脸，不由得心生喜悦。那笑脸也许不是生自内心而自然流露，也许是为了某种需要而强作笑颜。脸不必笑得像一朵花，只要面部肌肉稍微放松，嘴角稍微咧开一点，就会给人以相当的舒适感。我一向相信，笑脸是人际关系中可以通行无阻的安全证。即使人在盛怒之中，摩拳擦掌，但是不会去打一个笑脸人，他下不去手。

最近看了报上一则新闻，开始觉得笑脸并不一定能保障一个人的安全。赔笑脸有时还是免不了挨嘴巴，实属常有，我所见的这条新闻却不寻常。有一位不务正业而专走邪道的青年，有一天踉跄地回家，狼狈地伏在案头，一言不发。老母见状，不禁莞尔。这一笑，不打紧，不知年轻人是误会为讥笑、讪笑，或是冷笑，他上去对准老母胸前就是一拳。老母应拳而倒，一命归西！微微一笑引起致命的一拳。以后下文如何，不得而知。

人到了要伸手打人的时候，笑脸不但不足以御强拳，而且可以招致杀身之祸。但愿这是一条孤证。

七、吃一行，恨一行

"三百六十行，行行出状元。"这是说职业不分上下，每一行范围之内，一个人只要努力，不愁不能出人头地做到顶尖的位置。这也是劝勉人各就岗位奋斗向上，不要一味地"这山望着那山高"。究竟行还是有高低，犹山之有高低。状元与状元不同。西瓜大王不能与钢铁大王比，馄饨大王也不能和煤油大王比。

每一行都有它的艰难困苦，其发展的路常是坎坷多舛的。投身到任何一个行当，只好埋头苦干。有人只看见和尚吃馒头，没看见和尚受戒，遂生羡慕别人之心，以为自己这一行只有苦没有乐，不但自己唉声叹气，恨自己选错了行，还会谆谆告诫他的子弟千万别再做这一行。这叫作"吃一行，恨一行"。

造出"吃一行，恨一行"这句话的人，其用心可能是劝勉大家安分守己，但是这句话也道出了无数人的无可奈何的心情。其实干一行应该爱一行才对。因为没有一行没有乐趣，至少一件工作之完满的完成便是无上乐趣。很多知道敬业的人不但自己满足于他的行当，而且教导他的子弟步武他的踪迹，被人称为"克绍箕裘[1]"，其间没有丝毫恨意。

八、子不嫌母丑，狗不嫌家贫

狗是很聪明的动物，但不算太聪明。乞丐拄着一根杖，提着一个钵，沿门求乞，一条瘦狗寸步不离地跟随着他。得到一些残肴剩炙，人与狗分而食之。但是狗不会离开他，不会看到较好的去处便去趋就，所以说狗不算太聪明，虽然它有那么一分义气。

在儿女的眼里，母亲应该是最美、最可爱、最可信赖、最该受感激的一个人。人有丑的，母亲没有丑的。母亲可以老，但不会丑。从前有一首很流行的儿歌《乌鸦歌》，记得歌词是这样的："乌鸦乌鸦对我叫，乌鸦真真孝。乌鸦老了不能飞，对着小鸦啼。小鸦朝朝打食归，打食归来先喂母。'母亲从前喂过我！'"这是借乌鸦反哺来劝孝的歌，但是最后一句"母亲从前喂过我"实在非常动人，没有失去人性的人回想起"母亲从前喂过我"，再听了这句歌词，恐怕没有不心酸的。每个人大概都会为了他的母亲而感觉骄傲，谁会嫌他的母亲丑？

"子不嫌母丑，狗不嫌家贫"，话没有错。不过嫌贫爱富恐怕是人之常情，不嫌家贫这份美誉恐怕要让狗来独享。子嫌母丑的例子也不是没有。我就知道两个例子，无独有偶。有两位受过

---

[1] 比喻能继承父祖的事业。——编者注

所谓"高等教育"的人，家里宴见宾客，照例有两位衣服破敝的老妇捧茶出来，主人不予介绍，客人也就安然受之，以为那个老妪必是佣妇。久之才从侧面打听出来那老妪乃主人之生母。主人嫌其老丑，有失体面，认为见不得人，使之奉茶，废物利用而已。

狗不嫌家贫，并未言过其实。子不嫌母丑，对越来越多的人来说，有变为谬论的可能。

谈话的艺术

　　一个人在谈话中可以采取三种不同的方式，一是独白，一是静听，一是互话。

　　谈话不是演说，更不是训话，所以一个人不可以霸占所有的时间，不可以长篇大论地絮聒不休，旁若无人。有些人大概是口部筋肉特别发达，一开口便不能自休，绝不容许别人插嘴，话如连珠，音容并茂。他讲一件事能从盘古开天地讲起，慢慢地进入本题，亦能枝节横生，终于忘记本题是什么。这样霸道的谈话者，如果他言谈之中确有内容，所谓"吐佳言如锯木屑，霏霏不绝"，亦不难觅取听众。在英国文人中，约翰逊博士是一个著名的例子。在咖啡店里，他一开口，老鼠都不敢叫。那个结结巴巴的高尔斯密一插嘴便触霉头。Sir Oracic 在说话，谁敢出声？约翰逊博士之所以被称为当时文艺界的独裁者，良有以也。学问风趣不及约翰逊博士者，必定是比较的语言无味，如果喋喋不已，如何令人耐得。

　　有人也许是以为嘴只管吃饭而不做别用，对人乃钳口结舌，一言不发。这样的人也是谈话中所不可或缺的，因为谈话，和演戏一样，是需要听众的，这样的人正是理想的听众。欧洲□世纪的一个严肃的教派 Carthusian monks 以不说话为苦修精进的法门之一，整年地不说一句话，实在不易。那究竟是方外人，另当别论，我们平常人中却也有人真能寡言。他效法金人之三缄其口，他的背上应有铭曰："今之慎言人也。"你对他讲话，他洗耳恭听，你问他一句话，他能用最经济的词句把你打发掉。如果你恰好也是"毋多言，多言多败"的信仰者，相对不交一言，那便只好共听壁上挂钟之嘀嗒嘀嗒了。钟会之与嵇康，则由打铁的叮当声来破除两人间之岑寂。这样的人现代也有，相对无言，莫逆于心，吧嗒吧嗒地抽完一包香烟，兴尽而散。无论如何，老于世故的人总是劝人多听少说，以耳代口，凡是不大开口的人总是令人莫测高深；口边若无遮拦，则容易令人一眼望到底。

　　谈话，和作文一样，有主题，有腹稿，有层次，有头尾，不可语无伦次。写文章肯用心的人就不太多，谈话而知道剪裁的就更少了。写文章讲究开门见山，起笔最要紧，要来得挺拔而突兀，或是非常爽朗，总之要引人入胜，不同凡响。谈话亦然。开口便谈天气好坏，当然亦不失为一种寒暄之道，究竟缺乏风趣。常见有客来访，宾主落座，客人徐徐开言："您没有出门啊？"主人除了重申"我没有出门"这一事实之外没有法子再做其他的答话。谈公事，讲生意，只求其明白清楚，没有什么可说的。一般的谈话往往是属于"无题""偶成"之类，没有固定的题材，信手拈来，自有情致。情人们喁喁私语，总是有说不完的话题，谈到无可再谈，则"此时无声胜有声"了。老朋友们剪烛西窗，班荆道旧，上下古今无不可谈，其间并无定则，只要对方不打哈欠。禅师们在谈吐间好逞机锋，不落迹象，那又是一种境界，不是我们凡夫俗子所能企望得到的。善谈和健谈不同。健谈者能使四座生春，但多少有点霸道，善谈者尽管舌灿莲花，但总还要给别人留些说话的机会。

话的内容总不能不牵涉到人，而所谓人，则不是别人便是自己。谈论别人则东家长西家短全成了上好的资料，专门隐恶扬善则内容枯燥听来乏味，揭人隐私则又有伤口德，这其间颇费斟酌。英文 gossip 一字原义是"教父母"，尤指教母，引申而为任何中年以上之妇女，再引申而为闲谈，再引申而为飞短流长，而为长舌妇，可见这种毛病由来有之，"造谣学校"之缘起亦在于是，而且是中外皆然。不过现在时代进步，这种现象已与年纪无关。谈话而专谈自己当然不会伤人，并且缺德之事经自己宣扬之后往往变成为值得夸耀之事。不过这又显得"我执"太深，而且最关心自己的事的人，往往只是自己。英文的"我"字，是大写字母的"I"，有人已嫌其夸张，如果谈起话来每句话都用"我"字开头不更显着是自我本位了吗?

在技巧上，谈话也有些个禁忌。"话到口边留半句"，只是劝人慎言，却有人认真施行，真个地只说半句，其余半句要由你去揣摩，好像文法习题中的造句，半句话要由你去填充。有时候是光说前半句，要你猜后半句；有时候是光说后半句，要你想前半句。一段谈话中若是破碎的句子太多，在听的方面不加整理是难以理解的。费时费事，莫此为甚。我看在谈话时最好还是注意文法，多用完整的句子为宜。另一极端是唯恐听者印象不深，每一句话重复一遍，这办法对于听者的忍耐力实在要求过奢。谈话的腔调与嗓音因人而异，有的如破锣，有的如公鸡，有的行腔使气有板有眼，有的回肠荡气如怨如诉，有的于每一句尾加上一串咯咯地笑，有的于说完一段话之后像鲸鱼一般喷一口大气，这一切都无关宏旨，要紧的是说话的声音之大小需要一点控制。一开口便血脉偾张，声震屋瓦，不久便要力竭声嘶，气急败坏，似可不必。另有一些人的谈话别有公式，把每句中的名词与动词一律用低音，甚至变成耳语，令听者颇为吃力。有些人唾腺特别发达，三言两句之后嘴角上便积有两摊如奶油状的泡沫，发出重唇音的时候便不免星沫四溅，真像是痰唾珠玑。人与人相处，本来易生摩擦，谈话时也要保持距离，以策安全。

谈学者

在上一期的《文星》里看到居浩然先生的一篇文章，他把 scholarship 一词译成为"学格"。这一个词是不容易翻译得十分恰当的，因为它含义不太简单。从字面上讲，这个词分两部分，scholar + ship，其重心还是在前一半，ship 表示特征、性质、地位等。韦氏字典所下的定义是：character or qualities of a scholar；attainments in science or literature, formerly in classical literature；learning. 这一定义好像是很简单明了，但是很值得我们想一想。什么是学者的特征与性质呢？换言之，怎样才能是一个学者呢？居先生提出了三点：第一是诚实；第二是认真；第三是纪律。愿再补充申说一下。

学者以探求真理为目的，故不求急功近利。学者研究一个问题，往往是很小的而且很偏僻的问题，不惜以狮子搏兔的手段，小题大做，有时候像是迂腐可笑，有时候像是玩物丧志。这种研究可能发生很大的影响，或给人以重要的启示，但亦可能不产生什么实际的效果。在学者自身看来，凡是探求真理的努力都是有价值的，题目不嫌其小，不嫌其偏，但求其能有所发现，纵然终于不能有所发现，其探讨的过程仍然是有价值的。学者的态度是"无所为而为"的，是不计功利的。一个有志于学的人，我们只消看看他所研究的题目，就可以约略知道他是否有走上学问之途的希望。学者有时为了探讨真理，不惜牺牲其生命，不惜与权威抗争，不为利诱自然是更不待言的了。

小题大做并不是一件容易事。要小题大做须先尽力发掘前人研究的成果与过程；须先对此一小题所牵涉到的其他各方面的材料做一广泛的探讨，然后方能正式着手。题小，然后才能精到。可是这精到仍是建立在广博的基础之上。题目若是大，则纵然用功甚勤，仍常嫌肤泛，可供通俗阅览，不能做专门参考。高谈义理，固然也是学问，不过若无切实的学识做后盾，便要流于空疏。题小而要大做，才能透彻，才能深入，才能巨细靡遗。所以学问之道是艰辛的。

学者有学者的尊严。他不屑于拾人涕唾，有所引证必注明出处，正文里不便述说则皆加脚注，最低限度引号是少不得的。凡是正式论文，必定脚注很多，这样可显示作者的功力与负责的态度。不注明出处，一方面是掠人之美，另一方面是削弱了自己论证的力量。论文后面总是附有参考书目，从这书目也可窥见学者的素养。学者不发表正式论文则已，发表则必定全盘公布他的研究经过，没有一点夹带藏掖。

学者不肯强不知以为知。自己没有把握的材料，不但不可妄加议论，即使引述也往往失当，纰漏一出，识者齿冷。尝见文史作者，引证最新科学资料，或国学大师，引证外国文字，一知半解，引喻失当，自以为旁征博引，头头是道，实则暴露自己之无知与大胆，有失学者风度。

有了学者的态度，穷年累月地锲而不舍，自然有相当的造诣。但学者，永远是虚心的，偶有所得，亦不敢沾沾自喜，更不肯大吹大擂地目空一切，做小家子气。剑拔弩张的，火辣辣的，不是学者的气息，学者是谦虚的，深藏若虚的。

学者风度，中外一理。不过以我们的学校制度以及设备环境而论，我们要继续不断地一批批地培养学者，似乎甚有困难。以文字训练来说，现代文、古文、外国文都极重要，缺一不可，这只是工具的训练，并不是学问本身，而我们的一般青年学子中能有几人粗备语言文字的根底？现在的大学很少有淘汰制度，一入大学，便注定可以毕业，敷衍松懈，在学问上无纪律可言，上课钟点奇多，而每课都是稀松。到外国去留学的学生，一开学便叫苦连天，都说功课分量重，一星期上三门课便忙不过来。以此例彼，便可知我们的教育积弊之所在。我们的学者，绝大部分都是努力自修成功的，很少是学校机构培养出来的。这不是办法。国家不能等待着学者们自生自灭，国家需要有计划地培植青年学者，大量地生产，使之新陈代谢，日益精进。这不是一纸命令的事，也不是添设机构即可奏效，最要紧的莫过于稳定的生活与充足的设备。讲到学者的养成，所有的学术教育机构皆有责任。有人讥笑我们为文化沙漠，我们也大半自承学术气氛不足。须知现代的学者和从前的不同，从前的人可以焚膏继晷皓首穷经，那时候的学术领域比较狭窄，现代的人做学问不能抱残守缺，需要图书馆、实验室的良好设备来做辅助。我深感我们的高级学府培育人才，实际上是漫无目标，毕业出来的学生从事专门职业，则常嫌准备不足，继续研究做学问，则大部分根底也很差。这是很可虑的。

谈时间

希腊哲学家 Diogenes 经常睡在一只瓦缸里，有一天亚历山大皇帝走去看他，以皇帝的惯用的口吻问他："你对我有什么请求吗？"这位玩世不恭的哲人翻了翻白眼，答道："我请求你走开一点，不要遮住我的阳光。"

这个家喻户晓的小故事，究竟含义何在，恐怕见仁见智，各有不同的看法。我们通常总是觉得那位哲人视尊荣犹敝屣，富贵如浮云，虽然皇帝驾到，殊无异于等闲之辈，不但对他无所希冀，而且亦不必特别地假以颜色。可是约翰逊博士另有一种看法，他认为应该注意的是那阳光，阳光不是皇帝所能赐予的，所以请求他不要把他所不能赐予的夺了去。这个请求不能算奢，却是用意深刻。因此约翰逊博士由"光阴"悟到"时间"，时间虽然也极为宝贵，但也是常常被人劫夺的。

"人生不满百"，大致是不错的。当然，老而不死的人，不是没有，不过期颐以上不是一般人所敢想望的，数十寒暑当中，睡眠占去了很大一部分。苏东坡所谓"睡眠去其半"，稍嫌有一点夸张，大约三分之一总是有的。童蒙一段时期，说它是天真未凿也好，说它是昏昧无知也好，反正是浑浑噩噩，不知不觉；及至寿登耄耋，老悖聋瞀，甚至"佳丽当前，未能缱绻"，比死人多一口气，也没有多少生趣可言。掐头去尾，人生所余无几。就是这短暂的一生，时间亦不见得能由我们自己支配。约翰逊博士所抱怨的那些不速之客，动辄登门拜访，不管你正在怎样忙碌，他都觉得宾至如归，这种情形固然令人啼笑皆非，我觉得究竟不能算是怎样严重的"时间之贼"。他只是在我们有限的资本上抽取一点捐税而已。我们的时间之大宗的消耗，怕还是要由我们自己负责。

有人说："时间即生命。"也有人说："时间即金钱。"二说均是，因为有人根本认为金钱即生命。不过细想一下，有命斯有财，命之不存，财于何有？有钱不要命者，固然实繁有徒，但是舍财不舍命，仍然是较聪明的办法。所以《淮南子》说："圣人不贵尺之璧，而重寸之阴，时难得而易失也。"我们幼时，谁没有做过"惜阴说"之类的课艺？可是谁又能趁早体会到时间之"难得而易失"？我小的时候，家里请了一位教师，书房桌上有一座钟，我和我姐姐常乘教师不注意的时候把时钟往前拨快半个钟头，以便提早放学，后来被老师觉察了，他用朱笔在窗户纸上的太阳阴影画一痕迹，作为放学的时刻，这才息了逃学的念头。

时光不断在流转，任谁也不能攀住它停留片刻。"逝者如斯夫，不舍昼夜！"我们每天撕一张日历，日历越来越薄，快要撕完的时候便不免蘧然以惊，惊的是又临岁晚，假使我们把几十册日历装为合订本，那便象征我们的全部生命，我们一页一页地往下扯，该是什么样的滋味呢！"冬天来了，春天还会远吗？"可是你一共能看见几次冬去春来呢？

不可挽住的就让它去吧！问题在于我们所能掌握的尚未逝去的时间，如何去打发它，梁任公先生最恶闻"消遣"二字，只有活得不耐烦的人才忍心去"杀时间"。他认为一个人要做的事太多，时间根本不够用，哪里还有时间可供消遣？不过打发时间的方法，亦人各不同，士各有志。乾隆皇帝下江南，看见运河上舟楫往来，熙熙攘攘，顾问左右："他们都在忙些什么？"和珅侍卫在侧，脱口而出："无非名利二字。"这答案相当正确，我们不可以人废言。不过三代以下唯恐其不好名，大概名利二字当中还是利的成分大些。"人为财死，鸟为食亡。"时间即金钱之说仍属不诬。诗人华兹华斯有句：

尘世耗用我们的时间太多了，夙兴夜寐，

赚钱挥霍，把我们的精力都浪费掉了。

所以有人宁可遁迹山林，享受那清风明月，"侣鱼虾而友麋鹿"，过那高蹈隐逸的生活。诗人济慈宁愿长时间地守着一株花，看那花苞徐徐展瓣，以为那是人间至乐。嵇康在大树底下扬锤打铁，"浊酒一杯，弹琴一曲"；刘伶"止则操卮执觚，动则挈榼提壶"，一生中无思无虑，其乐陶陶。这又是一种颇不寻常的方式。最彻底的超然的例子是《传灯录》所记载的"南泉师问陆亘曰:'大夫十二时中作么生?'陆曰:'寸丝不挂!'"寸丝不挂即是了无挂碍之谓,"本来无一物,何处染尘埃?"这境界高超极了,可以说是"以天地为一朝,万期为须臾",根本不发生什么时间问题。

人,诚如波斯诗人奥玛·海亚姆所说,来不知从何处来,去不知向何处去,来时并非本愿,去时亦未征得同意,稀里糊涂地在世间逗留一段时间。在此期间内,我们是以心为形役呢°还是立德、立功、立言,以求不朽呢?还是参究生死直超三界呢?这大主意需要自己拿。

谈考试

少年读书而要考试，中年做事而要谋生，老年悠闲而要衰病，这都是人生苦事。

考试已经是苦事，而大都是在炎热的夏天举行，苦上加苦。我清晨起身，常见三面邻家都开着灯弦歌不辍；我出门散步，河畔田埂上也常见有三三两两的孩子们手不释卷。这都是一些好学之士吗？也不尽然。我想其中有很大一部分是在临阵磨枪。尝闻有"读书乐"之说，而在考试之前把若干知识填进脑壳的那一段苦修，怕没有什么乐趣可言。

其实考试只是一种测验，和量身高体重的意思差不多，事前无须恐惧，临事更无须张皇。考的时候，把你知道的写出来，不知道的只好阙疑，如是而已。但是考试的后果太大了。万一名在孙山之外，那一份落第的滋味好生难受，其中有惭恶，有怨恨，有沮丧，有悔恨，见了人差答答，而偏有人当面谈论这回事。这时节，人的笑脸都好像是含着讥讽，枝头鸟啭都好像是在嘲弄，很少人能不顿觉人生乏味。其后果犹不止于此，这可能是生活上一大关键，眼看着别人春风得意，自己从此走向下坡。考试的后果太重大，所以大家都把考试看得很重。其实考试的成绩，老早地就由自己平时读书时所决定了。

人苦于不自知。有些人根本无须去受考试的煎熬，但存一种侥幸心理，希望时来运转，一试得授。上焉者临阵磨枪，苦苦准备；中焉者揣摩试题，从中取巧；下焉者关节舞弊，浑水摸鱼。用心良苦，而希望不大。现代考试方法，相当公正，甚少侥幸可能。虽然也常闻有护航顶替之类的情形，究竟是少数的例外。如果自知仅有三五十斤的体重，根本就不必去攀到千斤大秤的钩子上去吊。贸贸然去应试，只是凑热闹，劳民伤财，为别人做垫脚石而已。

对于身受考试之苦的人，我是很同情的。考试的项目多，时间久，一关一关地闯下来，身上的红细胞不知要死去多少。从前科举考场里，听说还有人在夜里高喊："有恩的报恩，有怨的报怨！"那一股阴森恐怖的气氛是够吓人的。真有当场昏厥、疯狂、自杀的！现代的考场光明多了，不再是鬼影幢幢，可是考场如战场，还是够紧张的。我有一位同学，最怕考数学，一看题目纸，立即脸上变色，浑身寒战，草草考完之后便佝偻着身子回到寝室去换裤子！其神经系统所受的打击是可以想象的！

受苦难的不只是考生。主持考试的人也是在受考验。先说命题，出题目来难人，好像是最轻松不过，但亦不然。千目所视，千手所指，是不能掉以轻心的。我记得我的表弟在二十八年前投考北平一个著名的医学院，国文题目是"卞壶不苟时好论"，全体交了白卷。考医学院的学生，谁又读过《晋书》呢？甚至可能还把"卞壶"读作"便壶"了呢。出这题目的是谁，我不知道，他此后是否仍然心安理得地继续活下去，我亦不知道。大概出题目不能太僻，亦不能太泛。假使考留学生，作文题目是"我出国留学的计划"，固然人人都可以诌出一篇来，但很可能有人早预备好一篇成稿，这样便很难评分而有失公道。出题目而要恰如分际，不刁钻，不炫弄，不空泛，不含糊，实在很难。在考生挥汗应考之前，命题的先生早已汗流浃背好几次了。再说阅卷，那也可以说是一种灾难。真的，曾有人于接连十二天阅卷之后，吐血而亡，这实在应该比照阵亡例议恤。阅卷百苦，尚有一乐，荒谬而可笑的试卷常常可以使人绝倒，四座传观，粲然皆笑，精神为之一振。我们不能不叹服，考生中真有富于想象力的奇才。最令人不愉快的卷子是字迹潦草的那一类，喻为涂鸦，还嫌太雅，简直是墨盒里的蜘蛛满纸爬！有人在宽宽的格子中写蝇头小字，也有人写一行字要占两行，有人全页涂抹，也有人曳白。像这种不规则的试卷，在饭前阅览，犹不过令人蹙眉；在饭后阅览，则不免令人恶心。

有人颇艳羡美国大学之不用入学考试。那种免试升学的办法是否适合我们的国情，是一个问题。据说考试是我们的国粹，我们中国人好像自古以来就是"考省不倦"的。考试而至于科举可谓登峰造极，三榜出身乃是唯一的正规出路。至于今，考试仍为五权之一。考试在我们的生活当中已成为不可少的一部分。英国的卡莱尔在他的《英雄与英雄崇拜》里曾特别指出，中国的考试制度，作为选拔人才的方法，实在太高明了。所谓政治学，其要义之一即是如何把优秀的分子选拔出来放在社会的上层。中国的考试方法，由他看来，是最聪明的方法。照例，外国人说我们的好话，听来特别顺耳，不妨引来自我陶醉一下。平心而论，考试就和选举一样，属于"必需的罪恶"一类，在想不出更好的办法之前，考试还是不可废的。我们现在所能做的，是如何改善考试的方法，要求其简化，要求其合理，不要令大家把考试看作戕贼身心的酷刑！

听，考场上战鼓又响了，由远而近！

谈友谊

朋友居五伦之末，其实朋友是极重要的一伦。所谓友谊即人与人之间的一种良好的关系，其中包括了解、欣赏、信任、容忍、牺牲……诸多美德。如果以友谊做基础，则其他的各种关系如父子、夫妇、兄弟之类均可圆满地建立起来。当然父子和兄弟是无可选择的永久关系，夫妇虽有选择余地，但一经结合便以不再仳离为原则，而朋友则是有聚有散可合可分的。不过，说穿了，父子、夫妇、兄弟都是朋友关系，不过形式与性质稍有不同罢了。严格地讲，凡是充分具备一个好朋友的条件的人，他一定也是一个好父亲、好儿子、好丈夫、好妻子、好哥哥、好弟弟。反过来亦然。

我们的古圣先贤对于交友一端是甚为注重的。《论语》里面关于交友的话很多。在西方亦是如此。罗马的西塞罗有一篇著名的《论友谊》。法国的蒙田、英国的培根、美国的爱默生，都有论友谊的文章。我觉得近代的作家在这个题目上似乎不大肯费笔墨了。这是不是叔季之世友谊没落的象征呢？我不敢说。

古之所谓"刎颈交"，陈义过高，非常人所能企及。如 Damon 与 Pythias, David 与 Jonathan，怕也只是传说中的美谈吧。就是把友谊的标准降低一些，真正能称得起朋友的还是很难得的。试想一想，如有银钱经手的事，你信得过的朋友能有几人？在你蹭蹬失意或疾病患难之中还肯登门拜访乃至雪中送炭的朋友又有几人？你出门在外之际对于你的妻室弱媳肯加照顾而又不照顾得太多者又有几人？再退一步，平素投桃报李，莫逆于心，能维持长久于不坠者，又有几人？总角之交，如无特别利害关系以为维系，恐怕很难在若干年后不变成路人。富兰克林说："有三个朋友是最忠实可靠的——老妻、老狗和现款。"妙的是这三个朋友都不是朋友。倒是亚里士多德的一句话最干脆："我的朋友们啊！世界上根本没有朋友。"这句话近于愤世嫉俗，事实上世界上还是有朋友的，不过虽然无须打着灯笼去找，却也像沙里淘金而且还需要长时间地洗练。一旦真铸成了友谊，便会金石同坚，永不退转。

大抵物以类聚，人以群分。臭味相投，方能永以为好。交朋友也讲究门当户对，纵不必像九品中正那么严格，也自然有个界限。"同学少年多不贱，五陵衣马自轻肥"，于"自轻肥"之余还能对着往日的旧友而不把眼睛移到眉毛上边去吗？汉光武帝容许严子陵把他的大腿压在自己的肚子上，固然是雅量可风，但是严子陵之毅然决然地归隐于富春山，则尤为知趣。朱洪武写信给他的一位朋友说："朱元璋做了皇帝，朱元璋还是朱元璋……"话自管说得很漂亮，看看他后来诛戮功臣，也就不免令人心悸。

人的身心构造原是一样的，但是一入宦途，可能发生突变。孔子说："无友不如己者。"我想一来只是指品学而言，二来只是说不要结交比自己坏的，并没有说一定要我们去高攀。友谊需要两造，假如双方都想结交比自己好的，那便永远交不起来。

好像是王尔德说过，"一个男人与一个女人之间是不可能有友谊存在的"。就一般而论，这话是对的，因为男女之间如有深厚的友谊，那友谊容易变质，如果不是心心相印，那又算不得是友谊。过犹不及，那分际是难以把握的。忘年交倒是可能的。祢衡年未二十，孔融年已五十，便相交友，这样的例子史不绝书，但似乎也是以同性为限。并且以我所知，忘年交之形成固有赖于兴趣之相近与互相之器赏，但年长的一方面多少需要保持一点童心，年幼的一方面多少需要显着几分老成。老气横秋则令人望而生畏，轻薄儇佻则人且避之若浼。单身的人容易交朋友，因为他的情感无所寄托，漂泊流离之中最需要一个一倾积愫的对象，可是等到他有红袖添香稚子候门的时候，心境便不同了。

"君子之交淡如水"，因为淡所以才能不腻，才能持久。"与朋友交，久而敬之。"敬也就是保持距离，也就是防止过分的亲昵。不过"狎而敬之"是很难的。最要注意的是，友谊不可透支，总要保留几分。Mark Twain说："神圣的友谊之情，其性质是如此的甜蜜、稳定、忠实、持久，可以终生不渝，如果朋友不开口向你借钱。"这真是慨而言之。朋友本有通财之谊，但这是何等微妙的一件事！世上最难忘的事是借出去的钱，一般认为最倒霉的事又莫过于还钱。一牵涉到钱，恩怨便很难清算得清楚，多少成长中的友谊都被这阿堵物所戕害！

　　规劝乃是朋友中间应有之义，但是谈何容易。名利场中，沆瀣一气，自己都难以明辨是非，哪有余力规劝别人？而对方则又良药苦口，忠言逆耳，谁又愿意让人批他的逆鳞？规劝不可当着第三者的面前行之，以免伤他的颜面，不可在他情绪不宁时行之，以免逢彼之怒。孔子说："忠告而善道之，不可则止。"我总以为劝善规过是友谊的消极的作用。友谊之乐是积极的。只有神仙和野兽才喜欢孤独，人是要朋友的。"假如一个人独自升天，看见宇宙的大观，群星的美丽，他并不能感到快乐，他必要找到一个人向他述说他所见的奇景，他才能快乐。"共享快乐，比共受患难，应该是更正常的友谊中的趣味。

写信难

我因为懒得写信，常被朋友们骂。自己也知道是一个毛病，可是改不了。有些人根本不当回事，倒也罢了，我却是一方面提不起笔，一方面却又老惦记着一件大事没做。单单写信，我这一生仿佛就没有如释重负的时候了。我没有保存信的习惯，可是我已经存了不止千八百封，这不是为保存，而是为了想答复，虽然遥遥无期。

因为自己有这样一个毛病，就每每推想别个同病的人到底为什么会懒得写信。照我们现在想，大抵不外几个原因：一是写信也要有物质基础，如果文房四宝不太方便，有笔无墨，或笔墨虽有，而墨的胶性太大，笔头又摇摇欲坠，像驾着老牛破车一样，游兴无论多么大，也要索然而返了。纸也很要紧，不要说草纸不能写信，就是宣纸、道林纸，假若大小不一，颜色不齐，厚薄不均，也会扫写信的兴。或者说用钢笔不就得了吗？然而钢笔又有钢笔的难处，不好用的钢笔，用起来比什么都吃力，写不上二三字，又废然了。钢笔头容易变成叉子，到那时恐怕除了画平行线以外，什么也写不出。钢笔杆容易让手指上起一个疙瘩，如果不是大力在后，谁也不愿意去忍痛写信。自来水笔似乎好了，而美国货太贵，国货又不敢领教。坏的自来水笔容易漏水，不是满手有入染坊之嫌，就是信纸会变成汪洋一片，这也败人的兴了。钢笔的问题纵然解决，而墨水又成问题，墨水的上层每每清淡如水，写上去若有若无，用到下层时却又有浓得化不开之虞。再换一瓶不同牌子的墨水去用的时候，据说又会让第二瓶墨水起了化学作用，究竟什么化学作用，我们不清楚，可是写在纸上，字形却不太真了。文房四宝的难关已经如此，如果再加上邮票时刻涨价，每涨一次价，写信的兴致就淡一层。邮票方便，有时确是叫人爱写信的，随便一写，随便一贴，随便一丢，飘飘然，牢骚或者温情是可以到达好友之手了。因此，爱写信的朋友常常早买一批邮票，到了时候一贴。我还见过一位小朋友，他预备得更周到，把邮票早贴到信封上。别人如果借他的信封用，大概也就同时省了一点物力、时力。现在却不行了，早买下邮票吧，几天一涨，旧邮票立刻落伍，贴满了信封，也不够数。我现在就存下不少一元、二元、十元、五十元的邮票，眼看一百元、五百元的邮票又要打到冷宫里了。这样一来，谁愿意早预备邮票，不早预备邮票，写信的事业又受了挫折。

上面所说，都是写信一事的物质基础。另外却也有一些不利于写信的因素。一个人的表现方式，原是有惯性的，如果业已惯于用某一种方式了，大抵不太重视其他的方式。例如，一个惯于用日记表现自己的人，每天日记数千言，他大概不再写什么文章了。反之，一个爱好鸿篇巨制的人，他的日记也势必如流水账一样简陋。我总觉得爱讲话的人，就未必爱写信。因为见了面，可以天上地下，李家长张家短，海阔天空，多么痛快！谁耐烦用充塞拥挤的心情去写那写也写不痛快的八行书？再则，写信与年龄也有关，中学生都是擅长写长信的。老舍说中学生的恋爱只能在半脖子泥写情书的状态下进行，一点儿也不错。谁能怪中学生的时代正是诗人的时代、哲人的时代、情人的时代呢？中学以上，随着这些黄金时代的消失，而信也渐渐变短。大学毕了业，大概就只余下八行，八行也算多的了。不是吗？写信又和性别有关，男子大概在这上面要见细一点儿。在同一个公事房里，互递纸条来谩骂或传情，只有女职员才这样做。收到一封不识者的来信，只说讨厌，而心中急于拆阅，并且纵然不理，然而希望不久就再继续收到，这才只有女性为然。我有一次在飞机上，见许多人欠伸欲睡，许多人恶心要吐，可是就有一位客人，在铺上小手提包，伏着身子写信，不用问，那也只有一位小姐可以做得出。小姐似乎为写信看信而活着，大概这话没有毛病。不把写信当作一回事的人，有时却也容易写信。因为应酬的信是有套子的。纵然不必搬了尺牍大全照抄，而耳濡目染，却也已经容易得陈词滥调的训练。可要写一封有情趣的信，虽不必希望让人的子孙将来保存成墨宝，但至少不愿意落入言不由衷的恶札，就大大不易了。孙过庭在《书谱》上讲写好字的条件之一是"偶然欲书"，这也就是兴会。现在何世？兴会何来？倘见一二知己，真要抱头大哭，实在缺乏写寸笺的"偶然欲书"的心情了！写信也许是擅长应付实际生活的人的本领之一，我每见许多有为之士，有信必发，有时迟了一年半载，但也必须写出奉读某月某日手书的字样，仿佛他特别关心，又特别强记，叫收信的人既感且佩。这种人大概是一饭三吐哺、一沐三握发的类型里的。反过来，假若居今之世，还不晓得钱的有用，衣冠也不能整齐，不想为世所知，自己也几乎忘了世界，此不实际之尤，对写信也就生疏了。我虽然找了这许多理由，但自己省察下去，其中并没有一个理由和自己真正相合。糟糕的是，我竟天天惦记着给人写信，然而债台高筑，日增不已，自己的歉疚也就不已，大概是古人所谓"重伤"了。

代　沟

　　代沟是一个翻译过来的比较新的名词，但这个东西是我们古已有之的。自从人有老少之分，老一代与少一代之间就有一道沟，可能是难以飞渡的深沟天堑，也可能是一步迈过的小渎阴沟，总之是其间有个界限。沟这边的人看沟那边的人不顺眼，沟那边的人看沟这边的人不像话，也许吹胡子瞪眼，也许拍桌子卷袖子，也许口出恶声，也许真格的闹出命案，看双方的气质和修养而定。

　　《尚书·无逸》：

　　　　相小人，厥父母勤劳稼穑，厥子乃不知稼穑之艰难，乃逸乃谚既诞。否则侮厥父母曰："昔之人，无闻知。"

　　这几句话很生动，大概是我们最古的代沟之说的一个例证。大意是说：请看一般小民。做父母的辛苦耕稼，年青的一代不知生活艰难，只知享受放荡，再不就是张口顶撞父母说："你们这些落伍的人，根本不懂事！"活画出一条沟的两边的人对峙的心理。小孩子嘛，总是贪玩。好逸恶劳，人之天性，只有饱尝艰苦的人，才知道以无逸为戒。做父母的人当初也是少不更事的孩子，代代相仍，历史重演。一代留下一沟，像树身上的年轮一般。

虽说一代一沟，腌臜的情形难免，然大体上相安无事。这就是因为有所谓传统者，把人的某一些观念胶着在一套固定的范畴里。"不以规矩不能成方圆。"大家都守规矩，尤其是年轻的一代。"鞋大鞋小，别走了样子！"小的一代自然不免要憋一肚反委屈，但是，别忙，"多年的媳妇熬成婆，多年的道路走成河"，转眼间黄口小儿变成鲐背耆老，又轮到自己唉声叹气，抱怨一肚皮不合时宜了。

我记得我小的时候，早起要跟着姐姐哥哥排队到上房给祖父母请安，像早朝一样的肃穆而紧张，在大柜前面两张两人凳上并排坐下，腿短不能触地，往往甩腿，这是犯大忌的，虽然我始终不知是犯了什么忌。祖父母的眼睛瞪得圆圆的，手指着我们的前后摆动的小腿说："怎么，一点样子都没有！"吓得我们的小腿立刻停摆，我的母亲觉得很没有面子，回到房里着实地数落了我们一番，祖孙之间隔着两条沟，心理上的隔阂如何得免？当时，我心里纳闷，我甩腿，干卿底事？我十岁的时候，进了陔氏学堂，领到一身体操时穿的白帆布制服，有亮晶的铜纽扣，裤边还镶贴两条红带，现在回想起来有点滑稽，好像是卖人丹游街宣传的乐队，那时却扬扬自得，满心欢喜地回家，没想到赢得的是一头雾水："好呀！我还没死，就先穿起孝衣来了！"我触了白色的禁忌。

出殡的时候，灵前是有两排穿白衣的"孝男儿"，口里模仿号丧的哇哇叫。此后每逢体操课后回家，先在门口脱衣，换上长褂，卷起裤筒。稍后，我进了清华，看见有人穿白帆布橡皮底的网球鞋，心羡不已，于是也从天津邮购了一双，但是始终没敢穿了回家。只求平安少生事，莫在代沟之内起风波。

大家庭制度下，公婆儿媳之间的代沟是最鲜明也最凄惨的。儿子自外归来，不能一头扎进闺房，那样做不但公婆瞪眼，所有的人都要竖起眉毛。他一定要先到上房请安，说说笑笑好一大阵，然后公婆（多半是婆）开恩发话："你回屋里歇歇去吧。"儿子奉旨回到阃闱。媳妇不能随后跟进，还要在公婆面前周旋一下，然后公婆再度开恩："你也去吧。"媳妇才能走，要慢慢地走。如果媳妇正在院里浣洗衣服，儿子过去帮一下忙，到后院井里用柳罐汲取一两桶水，送过去备用，结果也会招致一顿长辈的唾骂："你走开，这不是你做的事。"我记得半个多世纪以前，一对大家庭中的小夫妻，十分的恩爱，夫暴病死，妻觉得在那样家庭中了无生趣，竟服毒以殉。殡殓后，追悼之日政府颁赠匾额曰"彤管扬芬"，女家致送的白布横批曰"看我门楣"！我们可以听得见代沟的冤魂哭泣，虽然代沟另一边的人还在逞强。

以上说的是六七十年前的事。代沟中有小风波，但没有大泛滥。张公艺九代同居，靠了一百多个忍字。其实九代之间就有八条沟，沟下有沟，一代压一代，那一百多个忍字还不是一面倒，多半由下面一代承当。古有明训：能忍自安。

五四运动实乃一大变局。新一代的人要造反，不再忍了。有人要"整理国故"，管他什么三坟五典八索九丘，都要揪出来重新交付审判，礼教被控吃人，孔家店遭受捣毁的威胁，世世代代留下来的沟，要彻底翻腾一下，这下子可把旧一代的人吓坏了。有人提倡读经，有人竭力卫道，但是，不是远水不救近火，便是只手难挽狂澜，代沟总崩溃，新一代的人如脱缰之马，一直旁出斜逸奔放驰骤到如今。旧一代的人则按照自然法则一批一批地凋谢，填入时代的沟壑。

代沟虽然永久存在，不过其现象可能随时变化。人生的麻烦事，千端万绪，要言之，不外财色两项。关于钱财，年长的一辈多少有一点吝啬的倾向。吝啬并不一定全是缺点。"称财多寡而节用之，富无金藏，贫不假贷，谓之啬。积多不能分人，而厚自养，谓之吝。不能分人，又不能自养，谓之爱。"这是《晏子春秋》的说法。所谓爱，就是守财奴。是有人好像是把孔方兄一个一个地穿挂在他的肋骨上，取下一个都是血丝糊拉的。英文俚语，勉强拿出一块钱，叫作"咳出一块钱"，大概也是表示钱是深藏于肺腑，需要用力咳才能跳出来。年轻一代看了这种情形，老大的不以为然，心里想："这真是'昔之人，无闻知'，有钱不用，害得大家受苦，忘记了'一个钱也带不了棺材里去'。"心里有这样的愤懑蓄积，有时候就要发泄。所以，曾经有一个儿子向父亲要五十元零用钱，其父靳而不予，由冷言恶语而拖拖拉拉，儿子比较身手矫健，一把揪住父亲的领带（唉，领带真误事），领带越揪越紧，父亲一口气上不来，一翻白眼，死了。这件案子，按理应剐，基于"心神丧失"的理由，没有剐，在代沟的历史里留下一个悲惨的记录。

人到成年，嘤嘤求偶，这时节不但自己着急，家长更是担心，可是所谓代沟出现了，一方说这是我的事，你少管，另一方说传宗接代的大事如何能不过问。一个人究竟是姣好还是寝陋，是端庄还是阴鸷，本来难有定评。"看那样子，长头发、牛仔裤、嬉游浪荡、好吃懒做，大概不是善类。""爬山、露营、打球、跳舞，都是青年的娱乐，难道要我们天天匀出工夫来晨昏定省，膝下承欢？"南辕北辙，越说越远。其实"养儿防老""我养你小，你养我老"的观念，现代的人大部分早已不再坚持。羽毛既丰，各奔前程，上下两代能保持朋友一般的关系，可疏可密，岁时存问，相待以礼，岂不甚妙？谁也无须剑拔弩张，放任自己，而诿过于代沟。沟是死的，人是活的！代沟需要沟通，不能像希腊神话中的亚历山大以利剑砍难解之绳结那样容易的一刀两断，因为人终归是人。

沉　默

　　我有一位沉默寡言的朋友。有一回他来看我，嘴边绽出微笑，我知道那就是相见礼，我肃客入座，他欣然就席。我有意要考验他的定力，看他能沉默多久，于是我也打破我的习惯，戋也守口如瓶。二人默对，不交一语，壁上的时钟嘀嗒嘀嗒的声音特别响。我忍耐不住，打开一听香烟递过去，他便一支接一支地抽了起来，吧嗒吧嗒之声可闻。我献上一杯茶，他便一口一口地翕呷，左右顾盼，意态萧然。等到茶尽三碗，烟罄半听，主人并未欠伸，客人兴起告辞，自始至终没有一句话。这位朋友，现在已归道山，这一回无言造访，我至今不忘。想不到"闻所闻而来，见所见而去"的那种六朝人的风度，于今之世，尚得见之。

　　明张鼎思《琅琊代醉篇》有一段记载：

　　　　刘器之待制对客多默坐，往往不交一谈，至于终日。客意甚倦，或谓去，辄不听，至留之再三。有问之者，曰："人能终日危坐，而不欠伸攲侧，盖百无一二，其能之者必贵人也。"以其言试之，人皆验。

可见对客默坐之事，过去亦不乏其例。不过所谓"主贵"之说，倒颇耐人寻味。所谓贵，一定要有一副高不可攀的神情，纵然不拒人千里之外，至少也要令人生莫测高深之感，所以处大居贵之士多半有一种特殊的本领，两眼望天，面部无表情，纵然你问他一句话，他也能听若无闻，不置可否。这样的人，如何能不贵？因为深沉的外貌，正好掩饰内部的空虚，这样的人最宜于摆在庙堂之上。《孔子家语》明明地写着，孔子"入太祖后稷之庙，庙堂右阶之前，有金人焉，三缄其口，而铭其背曰：'古之慎言人也。'"这庙堂右阶的金人，不是为市井细民做榜样的。

謇谔之臣，骨鲠在喉，一吐为快，其实他是根本负有进谏之责，并不是图一时之快。鸡鸣犬吠，各有所司，若有言官而钳口结舌，宁不有愧于鸡犬？至于一般的仁人君子，没有不愤世忧时的，其中大部分悯默无言，但间或也有"宁鸣而死，不默而生"的人，这样的人可使当世的人为之感喟，为之击节，他不能全名养寿，他只能在将来历史上享受他应得的清誉罢了。在有"不发言的自由"的时候而甘愿放弃这一项自由，这也是个人的自由。在如今这个时代，沉默是最后的一项自由。

有道之士，对于尘劳烦恼早已不放在心上，自然更能欣赏沉默的境界。这种沉默，不是话到嘴边再咽下去，是根本没话可说，所谓"知者不言，言者不知"。世尊在灵山会上，拈花示众，众皆寂然，唯迦叶破颜微笑，这会心微笑胜似千言万语。莲池大师说得好："世间醲醢醇醴，藏之弥久而弥美者，皆由封锢牢密，不泄气故。古人云，'二十年不开口说话，向后佛也奈何你不得。'旨哉言乎！"二十年不开口说话，也许要把口闷臭，但是语言道断之后，性水澄清，心珠自现，没有饶舌的必要。基督教Carthusians教派也是以沉默静居为修行法门，经常彼此不许说话。"此中有真意，欲辨已忘言"。

庄子说："吾安得夫忘言之人，而与之言哉？"现在想找真正懂得沉默的朋友，也不容易了。

为什么不说实话

听一个朋友说起一个有趣的故事，这是个老故事，但我是初次听见，所以以为有趣。他说：

有一家酒店，隔壁住着好几个酒徒，酒徒竟偷酒喝，偷酒的方法是凿壁成穴，以管入酒缸而吸饮之，轮流吸饮，每天夜晚习以为常。酒店老板初而惊讶酒浆损失之巨，继而暗叹酒徒偷饮技术之精，终乃思得报复之道。老板不动声色，入晚于置酒缸之处改置小便桶一，内中便溺洋溢，不可向迩。夜深人静，酒徒又来吮饮，争先恐后，欲解馋吻。甲尽力一吸，饱尝异味，挤眉咧嘴，汩汩自喉而下，刚要声张，旋思我若声张，别人必不再来上当，我独自吃亏，岂不太冤枉乎？有亏大家吃。于是甲连呼"好酒！好酒"而退。乙继之，亦同样上当，亦同样不肯独自上当，亦连呼"好酒！好酒"而退。丙丁戊己，循序而饮，以至于全体酒徒均得分润。事毕环立，

相视而笑。

　　我听过这个故事之后，心里有一点明白为什么有些人不肯说实话。有些人宁愿自己吃亏，宁愿别人跟着吃亏，宁愿套引别人跟着他吃亏，也不愿意把自己所实感的坦白直说出来。因为说出来之后，别人就不再吃亏，而他自己就显着特别委屈。别人和他同样地吃亏，他就觉得有人陪着他吃亏了，不冤枉了。

　　我又想：万一其中有一个心直口快，把实话脱口而出，这个人将要有怎样的遭遇呢？我想这个人是不受欢迎的，并且还要受到诅咒，尤其是那些已经饮过小便而貌作饮过醇酿的人必定要骂这个人是个呆瓜！

　　要下水，大家拖下水。谁也不说实话。说实话就是呆瓜！

　　这种心理，到处皆然，要不得！

萝卜汤的启示

抗战时我初到重庆，暂时下榻于上清寺一位朋友家。晚饭时，主人以一大钵排骨萝卜汤飨客，主人谦逊地说："这汤不够味。我的朋友杨太太做的排骨萝卜汤才是一绝，我们无论如何也仿效不来，你去一尝便知。"杨太太也是我的熟人，过几天她邀我们几个熟人到她家去餐叙。

席上果然有一大钵排骨萝卜汤。揭开瓦钵盖，热气冒三尺。每人舀了一小碗。哦！真好吃。排骨酥烂而未成渣，萝卜煮透而未变泥，汤呢？热、浓、香、稠，大家都吃得直吧嗒嘴。少不得人人要赞美一番，并且异口同声地向主人探询，做这一味汤有什么秘诀。加多少水、煮多少时候，用文火、用武火？主人只是咧着嘴笑，支支吾吾地说："没什么，没什么，这种家常菜其实上不得台面，不成敬意。"客人们有一点失望，难道说这其间还有什么职业的秘密不成，你不肯说也就罢了。这时节，一位心直口快的朋友开腔了，他说："我来宣布这个烹调的秘诀吧！"大家都注意倾听，他不慌不忙地说："道理很简单，多放排骨，少加萝卜，少加水。"也许他说的是实话，实话往往可笑。于是座上泛起了一阵轻微的笑声，主人顾左右而言他。

宴罢，我回到上清寺朋友家。他问我方才席上所宣布的排骨萝卜汤秘诀是否可信，我说："不妨一试。多放排骨，少加萝卜，少加水。"当然，排骨也有成色可分，需要拣上好的，切萝卜的刀法也有讲究，大小厚薄要适度，火候不能忽略，要慢火久煨。试验结果，大成功。杨太太的拿手菜不再是独门绝活。

从这一桩小事，我联想到做文章的道理。文字掷地作金石声，固非易事，但是要做到言中有物，不令人觉得淡而无味，却是不难办到的。少说废话，这便是秘诀，和汤里少加萝卜少加水是一个道理。

了生死

信佛的人往往要出家。出家所为何来？据说是为了一大事因缘，那就是要"了生死"。在家修行，其终极目的也是为了要"了生死"。生死是一件事，有生即有死，有死方有生，"了"即是"了断"之意。生死流转，循环不已，是为轮回，人在轮回之中，纵不堕入恶趣，生、老、病、死四苦煎熬亦无乐趣可言。所以信佛的人要了生死，超出轮回，证无生法忍。出家不过是一个手段，习静也不过是一个手段。

但是生死果然能够了断吗？我常想，生不知所从来，死不知何处去，生非甘心，死非情愿，所谓人生只是生死之间短短的一截。这种看法正是佛家所说"分段苦"。我们所能实际了解的也正是这样。波斯诗人奥玛·海亚姆的四行诗恰好说出了我们的感觉：

Into this universe，and why not knowing，
Nor whence，like water willy-nilly flowing；

And out of it, as wind along the waste,

I know not whither, willy-nilly blowing.

不知为什么，亦不知来自何方，

就来到这世界，像水之不自主地流；

而且离开了这世界，不知向哪里去，

像风在原野，不自主地吹。

"我来如流水，去如风"，这是诗人对人生的体会。所谓生死，不了断亦自然了断，我们是无能为力的。我们来到这世界，并未经我们同意，我们离开这世界，也将不经我们同意。我们是被动的。

人死了之后是不是万事皆空呢？死了之后是不是还有生活呢？死了之后是不是还有轮回呢？我只能说不知道。使哈姆雷特踌躇不决的也正是这一种怀疑。按照佛家的学说，"断灭相"绝非正知解。一切的宗教都强调死后的生活，佛教则特别强调轮回。我看世间一切有情，是有一个新陈代谢的法则，是有遗传嬗递的迹象，人恐怕也不是例外，长江后浪推前浪，一代新人换旧人，如是而已。又看佛书记载轮回的故事，大抵荒诞不经，可供谈助，兼资劝世，是否真有其事殆不可考。如果轮回之说尚难证实，则所谓了生死之说也只是可望而不可即的一个理想了。

我承认佛家了生死之说是一崇高理想。为了希望达到这个理想，佛教徒制定许多戒律，所谓根本五戒、沙弥十戒、比丘二百五十戒，这还都是所谓"事戒"，菩萨十重四十八轻戒之"性戒"尚不在内。这些戒律都是要我们在此生此世来身体力行的。

能彻底实行戒律的人方有希望达到"外息诸缘，内心无喘"的境界。只有切实地克制情欲，方可逐渐地做到"情枯智讫"的功夫。所有的宗教无不强调克己的修养，斩断情根，裂破俗网，然后才能湛然寂静，明心见性。就是佛教所斥为外道的种种苦行，也无非是戒的意思，不过做得过分了些。中古基督教也有许多不近人情的苦修方法。凡是宗教都是要人收敛内心截除欲念。就是伦理的哲学家，也无不倡导多多少少的克己的苦行。折磨肉体，以解放心灵，这道理是可以理解的。但是以爱根为生死之源，而且自无始以来因积业而生死流转，非斩断爱根无以了生死，这一番道理便比较难以实证了。此生此世持戒，此生此世受福，死后如何，来世如何，便渺茫难言了。我对于在家修行的和出家修行的人们有无上的敬意。由于他们的参禅看教，福慧双修，我不怀疑他们有在此生此世证无生法忍的可能，但是离开此生此世之后是否即能往生净土，我很怀疑。这净土，像其他的被人描写过的天堂一样，未必存在。如果它存在，只是存在于我们的心里。

西方斯多葛派哲学家所谓个人的灵魂于死后重复融合到宇宙的灵魂里去，其种种信念也无非是要人于临死之际不生恐惧，那说法虽然简陋，却是不落言筌。蒙田说："学习哲学即是学习如何去死。"如果了生死即是了解生死之谜，从而获致大智大勇，心地光明，无所恐惧，我相信那是可以办到的。所以我的心目中，宗教家乃是最富理想而又最重实践的哲学家。至于了断生死之说，则我自惭劣钝，目前只能存疑。

升官图

赵瓯北《陔余丛考》有这样一段:

> 世俗局戏,有升官图,开列大小官位于纸上,以明琼掷之,计点数之多寡,以定升降。按房千里有《骰子选格序》云:"以穴骰双双为戏,更投局上,以数多少为进身职官之差,数丰贵而约贱,卒局,有为尉掾而止者,有贵为相巨将臣者,有连得美名而后不振者,有始甚微而歘升于上位者。大凡得失不系贤不肖,但卜其偶不偶耳。"此即升官图之所由本也。

这使我忆起儿时游戏的升官图,不过方法略有不同:门口打糖锣儿的就卖升官图,一张粗糙亮光的白纸,上面印满了由白丁、秀才、举人、进士,以至太师、太傅、太保的各种官阶。玩的时候,三五人均可,围着升官图,不用"明琼"(骰子之别称),

用一个木质的方形而尖端的"拈拈转儿"，这"拈拈转儿"上面有四字"德、才、功、赃"，一个字写在一面上，用手指用力一捻，就像陀螺似的旋转起来，倒下去之后看哪一个字在上面，德、才、功都有升迁，赃则贬抑。有时候学优则仕，青云直上，春风得意，加官晋爵。有时候宦情惨淡，官程蹭蹬，可能"事官千日，失在一朝"，爬得高跌得重，虽贵为台辅，位至封疆，禁不住几个赃字，一连几个倒栽葱，官爵尽削，还为庶人。一个铜板就可以买一张升官图，可以玩个好半天。

民国建始，万象更新，不知哪一位现代主义者动脑筋动到升官图上，给它换了新装，秀才、举人、进士换了小学生、中学生、大学生，尚书换了部长，巡抚换了督军，而最高当局为总统、副总统、国务总理。官名虽然改变，升官的道理与升官的途径则一仍旧贯，所以我们玩起来并不觉得有什么异样，而且反觉得有更多的真实之感，纵然是游戏，亦未与现实脱节。

我曾想，儿童玩具有两样东西要不得，一个是各型各式的扑满，一个是升官图。扑满教人储蓄，储蓄是良好习惯，不过这习惯是不是应该在孩提时代就开始，似不无疑问。"饥荒心理"以后有的是培养的机会。长大成人之后，把一串串钱挂在肋骨上的比比皆是。升官图好像是鼓励人"立志做大官"，也似乎不是很妥当的事。可是我现在不这样想了，尤其是升官图，是颇合现实的一种游戏，在无可奈何的环境中不失为利多弊少的玩意儿。

有人说"宦味同鸡肋"，这语未免矫情。凡是食之无味的东西，弃之均不可惜。被人誉为"三绝诗书画，一官归去来"的那位先生就弃官如敝屣，只因做官要看三件难看的东西：犯人的屁股、女尸的私处和上司的面孔。俗语说："一代为官，三辈子擂砖。"这话也未免过于偏激。自古以来，官清毡冷的事也是常有的。例如周紫芝《竹坡诗话》有一段记载，大意是说李京兆者父中有一人，极廉介，一日有家问，即令灭官烛，取私烛阅书，阅毕，命秉官烛如初。像这样兢兢自守的人，他的子孙会跪在当街用砖头擂胸口吗？所以，官，无论如何，是可以成为一种清白的高尚职业，要在人好自为之耳，升官图可能鼓舞人们做官的兴趣，有何不可？

升官图也可以说有益世道人心，因为它指出了官场升黜的常规。要升官，没有旁门左道，必须经由德行、才能、事功三方面的优良表现，而且一贪赃必定移付惩戒，赏罚分明，毫无宽假，这就叫作官常。升官图只是谨守官常，此外并无其他苟且之类的捷径可寻。假如官场像升官图一样简单，那就真是太平盛世了。升官之阶，首重在德，而才功次之，尤有深意。《宋史》记寇准与丁谓的一段故事：

> 初丁谓出准门，至参政，事甚谨，尝会食中书，羹污准须，谓起徐拂之。准笑曰："参政国之大臣，乃为官长拂须邪？"谓甚愧之。

为官长拂须，与贪赃不同，并不犯法，但是究竟有伤品德。恐怕官场现形有甚于为官长拂须者。在升官图上贵为太师之后再捻到"德"字,便是"荣归",即荣誉退休之意,这也是很好的下场,否则这一场游戏没完没散,人生七十才开始,岂不把人急杀!

　　不知道现在有没有新的更合时代潮流的升官图?

说　胖

第三十二期《宇宙风》有《文学作家中的胖子》一文，署名为上官碧，其中有一段是说我的：

> 有人在某种刊物上说：北大教授梁实秋先生像个"老板"；以为教书神气像，划拳神气更像。穿的衣服本来和别人用的材料差不多，到他身上好像就光亮不同，说的话本来和别人是同一问题，到他口上好像就意义不同。这种描写当然不大确实。梁先生原籍虽是浙江，其实北京人的成分倒比较重。饭酒食肉的洪量不必说，只看看他译莎士比亚可以知道。北方人照例是爽直而坦白的，梁先生译莎士比亚戏剧用的就是这种可爱态度。因为剧本是韵文，不易译，译来又不易懂，梁先生就直爽坦白地用普通语体文译它。此外论诗也仿佛是一个北京人，"明白易懂"是他认为理想的好诗。

这一段话不管说得对不对，总是因为我胖，所以才被人编排在"文学作家中的胖子"之列，虽然我知道我压根儿就不是"文学作家"。一个文学作家，第一得"作"，第二得成"家"，我是不够这资格的，这个称呼应该留给更适当的人。至于"胖子"，则胖瘦之间原无明显的界限，我被列入胖子一类也是无可分辩的。不过若说我译莎士比亚用散文，并且以"明白易懂"为"理想的好诗"，都是因为我有较重的"北京人的成分"，这道理可有点奥妙，可怜我是北京人，我不大懂了。用散文译莎士比亚，在这个世界上，我不是第一个人。法文里有散文译本，德文里也有散文译本。坪内逍遥的译本我没有见过，是不是散文我不知道。北京人成分不重的田汉先生，他译的莎士比亚也是散文的。用散文译莎士比亚是否合适，是一个可以讨论的问题，但是与我的籍贯似乎不见得有什么关系。至于说我以"明白易懂"为"理想的好诗"，则我真真不服，我从来没说过这样的话，我就是再胖些也不会说出这样的话。

胖是一种病，瘦也是一种病，所以最好还是不胖不瘦。假如不可能，那么也是以近于瘦比近于胖要好得多。何以呢？近于胖，则俗；近于瘦，则雅。一个文人，一个作家，总宜于瘦；一胖起来就觉得不称，就大可以加以检举引为谈料。李白有诗嘲杜甫："饭颗山头逢杜甫，头戴笠子日卓午。借问别来太瘦生，总为从前作诗苦。"李白大概是近于胖，所以才这样说。黄山谷和文潜诗："张侯哦诗松韵寒，六月火云蒸肉山。"这是拿胖人取笑的。传统的正规的文人相，是应该清癯纤瘦弱不胜衣的。《世说》：

"庾公造周伯仁，伯仁曰：'君何所欣说而忽肥？'庾曰：'君复何所忧惨而忽瘦？'伯仁曰：'吾无所忧，直是清虚日来，滓秽日去耳。'""心宽体胖"还算是很客气的说法，若不客气地说，就是滓秽壅积，就是俗。

有些人，我们希望他是个瘦子，见下面他偏偏是个胖子，这时候我们心里不免就要泛起一种又惊异又失望的情绪，觉得是煞风景，扫兴！富贵中人应该是丰颐广颡了，然而也不尽然，在历史上司马温公便是著名的枯瘦。做"老板"的人也大有面如削瓜的。这虽然是例外，然而也就证明了一件事，人之胖瘦往往不由自主地惹看者扫兴失望，这实在是大大的遗憾。即以想象中的人物而论，就说我用散文译的那个莎士比亚吧，他的作品中的人物如福斯塔夫是个胖子，这是大家都满意的，不胖怎能显得痴蠢？但是哈姆雷特就应该是近于清癯一类才对劲儿，然而呢，莎士比亚却把他写成一个胖子，他斗剑的时候，他的母亲不是说他太胖爱喘爱出汗吗？说起来也巧，莎士比亚的伙伴，扮演哈姆雷特的白贝子也是个胖子。有人说，就因为这位演员胖，所以哈姆雷特才被写成为胖的。这也许是，然而多么不合于我们的想象呀！

从健康上着想，胖是应该设法治疗的。"饮酒食肉"是致胖的原因之一，但素食戒酒也不一定就是特效的治疗法。若为了欲求免俗而设法祛胖，我以为是大可不必的。俗而胖，与俗而瘦，二者之间若要我选一个，我宁愿俗而胖，不愿俗而瘦，因为反正都是俗，与其外表风雅而内心俗陋，还不如里外如一的俗！

谈　礼

礼不是一件可怕的东西，不会"吃人"。礼只是人的行为的规范。人人如果都自由行动，社会上的秩序必定要大乱，法律是维持秩序的一套方法，但是关于法律的力量不及的地方，为了使人能更像是一个人，使人的生活更像是人的生活，礼便应运而生。礼是一套法则，可能有官方制定的成分在内，亦可能有世代沿袭的成分在内，在基本精神上还是约定俗成的性质，行之既久，便成为大家公认共守的一套规则。一套礼法也不是一成不变的，事实上是随时在变，不过可能变得很慢，可能赶不上时代环境之变迁得那样快，因此至少在形式上可能有一部分变成不合时宜的东西。礼，除非是太不合理，总是比没有礼好。这道理有一点像"坏政府胜于无政府"。有些人以为礼是陈腐的有害的东西，这看法是不对的。

我们中国是礼仪之邦，一向是重礼法的。见于书本的古代的祭礼、丧礼、婚礼、士相见礼等，那是一套，事实上社会上流行的又是一套，现行的一套即是古礼之逐渐的个别的修正，虽然各地情形不同，大体上尚有规模存在，等到中西文化接触之后便比较有紊乱的现象了。紊乱尽管紊乱，礼还是有的，制礼定乐之事也许不是当前急务，事实上吾人之生活中未曾一日无礼。问题是我们是否认真地严肃地遵循着礼。孔门哲学以"克己复礼"为做人的大道理。意即为吾人行事应处处约束自己使合于礼的规范。怎样才是非礼勿视，非礼勿言，非礼勿动，那是值得我们随时思考警惕的。

读书人应该知道礼，但是有些人偏不讲礼，即所谓名士。六朝时这种名士最多，《世说新语》载阮籍的一句话最有趣："礼岂为我辈设也？"好像礼是专为俗人而设。又载这样的一段：

> 阮步兵籍丧母，裴令公楷往吊之。阮方醉，散发坐床，箕踞不哭。裴至，下席，哭吊唁毕，复去。或问裴："凡吊，主人哭，客乃为礼，阮既不哭，君何为哭？"裴曰："阮方外之人，故不崇礼制，我俗辈中人，故以仪轨自居。"时人以为两得其中。

没有阮籍之才的人，还是以仪轨自居为宜。像阮步兵之流，我们可以欣赏，不可以模仿。

中西礼节不同。大部分在基本原则上并无二致，小部分因各有传统亦不必强同。以中国人而用西方的礼，有时候觉得颇不合适，如必欲行西方之礼则应知其全部底蕴，不可徒放其皮毛，而乱加使用。例如，握手乃西方之礼，但后生小子在长辈面前不可首先遽然伸手，因为长幼尊卑之序终不可废，中西一理。再例如，祭祖先是我们家庭传统所不可或缺的礼，其间绝无迷信或偶像崇拜之可言，只是表示"慎终追远"的意思，亦合于我国所谓之孝道，虽然是西礼之所无，然亦不可废。我个人觉得，凡是我国之传统，无论其具有何种意义，苟非荒谬残酷，均应不轻予废置。再例如，电话礼貌，在西方甚为重视，访客之礼、探病之礼，均有不成文之法则，吾人亦均应妥为仿行，不可忽视。

礼是形式，但形式背后有重大的意义。

废　话

　　常有客过访，我打开门，他第一句话便是："您没有出门？"我当然没有出门，如果出门，现在如何能为你启门？那岂非是活见鬼？他说这句话也不是表讶异。人在家中乃寻常事，何惊诧之有？如果他预料我不在家才来造访，则事必有因，发现我竟在家，更应该不露声色，我想他说这句话，只是脱口而出，没有经过大脑，犹如两人见面不免说说一句"今天天气……"之类的话，聊胜于两个人都绷着脸一声不吭而已。没有多少意义的话就是废话。

　　人不能不说话，不过废话可以少说一点。十一世纪时罗马天主教会在法国有一派僧侣，专主苦修冥想，是圣·伯鲁诺所创立，名为 Carthsians，盖因地而得名，他的基本修行方法是不说话，一年到头地不说话。每年只有到了将近年终的时候，特准交谈一段时间，结束的时刻一到，尽管一句话尚未说完，大家立刻闭起嘴巴。明年开禁的时候，两人谈话的第一句往往是"我们上次谈到……"一年说一次话，其间准备的时光不少，废话一定不多。

梁武帝时，达摩大师在嵩山少林寺，终日面壁，九年之久，当然也不会随便开口说话，这种苦修的功夫实在难能可贵。明莲池大师《竹窗随笔》有云："世间酤醯醇醴，藏之弥久而弥美者，皆由封锢牢密，不泄气故。古人云：'二十年不开口说话，向后佛也奈何你不得。'旨哉言乎！"一说话就怕要泄气，可是这一口气憋二十年不泄，真也不易。监狱里的重犯，常被判处独居一室，使无说话机会，是一种惩罚。畜生没有语言文字，但是也会发出不同的鸣声表示不同的情意。人而不让他说话，到了寂寞难堪的时候真想自言自语，甚至说几句废话也是好的。

可是有说话自由的时候，还是少说废话为宜。"群居终日，言不及义，难矣哉！"那便是废话太多的意思。现代的人好像喜欢开会，一开会就不免有人"致辞"，而致辞者常常是长篇大论，直说得口燥舌干，也不管听者是否恹恹欲睡欠伸连连。《孔子家语》："庙堂右阶之前，有金人焉，三缄其口，而铭其背曰：'古之慎言人也。'"能慎言，当然于慎言之外不会多说废话。三缄其口只是象征，若是真的三缄其口，怎么吃饭？

串门子闲聊天，已不是现代社会所允许的事，因为大家都忙，实在无暇闲磕牙。不过也有在闲聊的场合而还侈谈本行的正经事者，这种人也讨厌。最可怕的是不经预先约定而闯上门来的长舌妇或长舌男，他们可以把人家的私事当作座谈的资料。某人资产若干，月入多少，某人芳龄几何，美容几次，某人帷薄不修，某人似有外遇……说得津津有味，实则有伤口业的废话而已。

行文也最忌废话。《朱子语类》里有两段文字：

欧公文，亦多是修改到妙处。顷有人买得他醉翁亭稿。初说滁州四面有山，凡数十字，末后改定，只日"环滁皆山也"五字而已。如寻常不经思虑，信意所作言语，亦有绝不成文理者，不知如何。

南丰过荆襄，后山携所作以谒之。南丰一见爱之，因留款语。适欲作一文字，事多，因托后山为之，且授以意。后山文思亦涩，穷日之力方成，仅数百言，明日以呈南丰。南丰云："大略也好，只是冗字多，不知可为略删动否？"后山因请改窜。但见南丰就坐，取笔抹数处，每抹处连一两行，便以授后山，凡削去一二百字。后山读之，则其意尤完，因叹服，遂以为法，所以后山文字简洁如此。

前一段说的是欧阳修的《醉翁亭记》。开端第一句"环滁皆山也"，不说废话，开门见山，是从数十字中删汰而来。后一段记的是陈后山为文数百言，由曾巩削去一二百个冗字，而文意更为完整无瑕。凡为文者皆须知道文字需要简练，简言之，就是少说废话。

应酬话

两位素未谋面的人，一旦遇到了，经人略一介绍，或竟未经介绍，马上就要攀谈起来，并且要做出十分亲热的样儿，这不是一件容易事。非善于应酬者办不到。

初出茅庐的后生小子，会到生人，面红耳赤，手忙脚乱，一句人话也说不出，假如旁边有一座钟，恐怕只有钟声嘀嘀嗒嗒地响着。善于应酬者，则不然了，他能于请教"尊姓""大名""台甫""府上"之后，额外寻出一套趣味浓厚的应酬话。其中的精粹，可以略举一二如下：

"今天的天气热呀！"

"是的，这两天热得难过。"

"下一阵雨就好了。"

"可不是，下一阵雨至少要凉快好几天呢。"这样地谈下去，可以延长半点多钟，而讨论的范围不出"天气"一端。旁边的人看着将不禁啧啧称叹曰：这两位士兄多么漂亮！多么健谈！多么会应酬！应酬至此，真可以出而问世矣！

但是除了天气之外，还有可谈的事物没有？凡是自己能辨明天气之冷热的人，常常感觉到，语言无味，还不如免开尊口，比较的可以令人不致笑出声来。

小声些！

我觉得我们中国人的喉咙之大，在全世界，可称首屈一指。无论是开会发言、客座谈话、商店交易，或其他公众的地方，说话的声音时常是尖而且锐，声量是洪而且宽，耳膜脆弱一点的人，往往觉得支持不住。我们的华侨在外国，谈起话来，时常被外国人称作"吵闹的勾当"（noisy business），我以为是良有以也。

在你好梦正浓的时候，府上后门便发一声长吼，接着便是竹帚和木桶的声音。那一声长吼是从人喉咙里发出来的，然而这喉咙就不小，在外国就是做一个竞争选举时的演说员，也绰绰有余。

挑着担子的小贩，走进弄堂，扯开嗓子连叫带唱地喊一顿，我时常想象着他的面红筋突的样子。假如弄里有出天花的老太太，经他这一喊，就许一惊而绝。

坐在影戏院里，似乎大家都可以免开尊口了，然而也不尽然，你背后就许有两位太太叽叽咕咕地谈论影片里的悲欢离合，你越不爱听，她的声音越高。在火车里，在轮船里，听听那滔滔不绝的谈话的声音，真足以令人后悔生了两只耳朵。

喉咙稍微大一点，不算丑事，且正可以表示我们的一点国民性——豪爽、直率、堂皇。不过有时为耳部卫生起见，希望这一点国民性不必十分地表现出来。朋友们，小声些!

剽 窃

顾亭林《日知录》卷二十有这样一段:

> 凡述古人之言,必当引其立言之人。古人又述古人之言,则两引之。不可袭以为己说也。诗曰:"自古在昔,先民有作。"程正叔传易,未济三阳皆失位,而曰:"斯义也,闻之成都隐者。"是则时人之言,而亦不敢没其人。君子之谦也。然后可与进于学。

他的意思是说:引述古人的言论,要说明那古人是谁。如果古人又引述另一古人的言论,两个古人的姓名都要说明。不可以把古人的议论当作是自己的。《诗经》(《商颂·那》)说:"从前古时候,已经有人这样做过。"程正叔(颐)作《易传》,讲到"未济、三阳皆失位",特别声明这个说法是从成都一位隐者听来的。可见纵非古人,而是时人,也不可埋没他。这是君子谦逊的态度。能做到这个地步，然后才可讲到做学问。

这一段文章的标题是"述古"，但未限于古，对时人也一样地提到了。他警诫初学的人，为文不可剽窃。他人之美，不可据为己有，并且说这是为学的初步，可谓语重心长。

做硕士论文或博士论文的人，一定受过指导教授的谆谆叮嘱，选题要慎重，要小题大做，收集资料要巨细靡遗，对于前人的有关著作要尽量研读，引用前人的言论要照录原文，加上引号，在脚注里注明出处，包括版本、年月、页数。按照这些指导原则写出来的论文，大概都有相当的分量。这样的论文，从表面上看，几乎每页都有相当多的脚注，密密麻麻地排在页底，这就说明了作者下过不少功夫，看过不少书，而且老老实实地引证别人的文字而未据为己有。这种论文，本来无须什么重大的发明创见，只要作者充分了解他的勤恳治学的态度，也就可以及格了。这种态度，英文叫作 intellectual honesty（学术上的诚实），不只硕士博士论文需要诚实，一切学术性文字都必须具备这种美德。

有人以为这种严谨诚实的作风是西方人治学的态度，这就不大合于事实。上引顾亭林《日知录》的一段文字，即足以证明我们中国学者早已注意到这个问题。

剽窃者存有一种侥幸的心理，以为古今中外的图书浩如烟海，偶然偷鸡摸狗，未必就会东窗事发。一般人怕管闲事，纵有发现也不一定会挺身检举。举例来说，从前大陆出版的图书，此间不易见到。但是偶然也有一些渗漏进来。剽窃者得之如获至宝，放心大胆地抄袭，大段大段、整页整页、一字不易地照抄不误。也有较为狡黠者，利用改头换面和移花接木的手法，加以粉饰。但是起先不易得的图书，现在有不少大量翻印流通了，有心人在对比之下就不难发现其中的雷同之处。穿窬扒窃之事，未必都能破案，可是一旦被人逮住，就斯文扫地，无可辩解。这种事不值得做。

著书立说，古人看作一件大事，名之为立言，为太上三不朽之一。后来时势不同，煮字疗饥之说不能不为大家所接受。迨至晚近，从事写作的人常自贬为"爬格子的动物"了。但是不管古今有多少变化，有一条铁则当为大家所共守：不可剽窃。

名　片

　　名片不是什么特殊阶级所特有的，人人都可使用。上自达官贵人，下至妓娼走贩，只消你有一个名字，再只消你有几角钱，便可印一盒名片。

　　名片的种类式样之多，就如同印名片的人一样。有足以令人发笑的，有足以令人害怕的，也有足以令人哭笑不得的。若有人把各式的名片聚集起来，恐怕比香烟里的画片还更有趣。

　　官僚的名片，时行的是单印名姓，不加官衔。其实官做大了，人就自然出名，有官衔的名片简直用不着。唯独有一般不大不小的人物，印起名片来，深恐自己的姓名太轻太贱，压不住那薄薄的一张纸，于是把古往今来的官衔一齐印在名片上，望上去黑乎乎的一片，就好像一个人的背上驮起一块大石碑。

　　稍通洋务，或将要稍通洋务的先生，名片上的几个英文字是少不得的，"汤姆""查理"都成，甚而再冠上一个戸音相近的外国姓。因为名片者，乃是一个人的全部人格的表现。

撒　网

我们通常有婚丧大事，不敢自秘，总是要印许多帖子，分送亲友。这也是一种很正大的举动。但是分送帖子，与施舍粥食略有不同，决不可抱多多益善的决心。否则你这一张帖子送到一个不相干的人手里，他的心里不免要生出一种非常的感想，有时竟把你的婚帖当作丧帖看，或是把你的丧帖当作婚帖看。

北京人把乱送请帖这件事唤作"撒网"，那意思是说：送帖的人不分畛域，到处送帖，是希望多收几份礼物，如同撒网捞鱼一般。其实如今的鱼，比撒网的人要聪明些，有时候他们会从网缝里钻出去，让你白撒一网。有时候你只捞起一点点的东西，倒赔上许多撒网的费用。

有些撒网的人，并不是从经济方面着眼，他们是想多请几位客人，撑撑场面。于是乎赵大娶媳妇，赵大的亲戚的朋友李四也接到请帖了。于是乎王二平常认为最没有人格的孙五，也接到王二的结婚帖子了。掉在网里的人，有时费了许多周折，才能知道究竟谁是撒网的人。

　　但是天道好还，你这回撒一个大网，不久你就要掉在许多人的网里。

小德出入

有一种人的哲学是："大德不逾闲，小德出入可也。"这种哲学实在要不得，因为"小德"的范围太广，包括的东西太多了一点。根据这种哲学，一个人只消不去杀人放火，便算是"大德不逾闲"，此外无论什么事都好归在"小德"里面，并且随便"出入"都还"可也"。

譬如打哈欠一事，也是我们人所常常有的，然而在大庭广众之间，纵然不能把哈欠消灭于无形，也要设法不要太使旁人注意。在下有一次，在电车里遇见一位先生，只见他忽然张开血盆似的巨口，做吃人状，并且发出一声弯弯曲曲的大声音，真有旁若无人之概。我看他的意思，是很希望有人在电车里给他支起一张床铺。

随地吐痰、到处便溺、深夜喧哗……种种不顾公德的事，都是"小德出入"。有人若加以批评，那算是在他的人格上过于苛责，未免多事。一个人若是大德既不逾闲，小德复不出入，那就可以说是一个完全的人了。然而谁肯这样的委曲求全？

吐痰问题

假使一个人的肺部里，生了一口痰，我想我们只有三个方法去处置它：第一是把它吐出来；第二是把它由肺管里咳出到嘴里，然后再从食管里咽下去；第三是让它永远存在肺里。第一条方法最近人情。第二条方法听着有点恶心，然而有一种人，大模大样地把痰咳在嘴里，四面一看，地毡铺得厚厚的，不见痰盂的踪迹，衣袋里又照例不备手绢，只好采取这条办法。第三条办法很少人用，除非在垂死的时候。

如其要吐痰，这便有问题。在文明的社会里，自由是绝对没有的。我常在公众的地方看见一位雅爱自由的先生，呼的一声痰由肺里跃出，哇的一声，含在口里，啐的一声，吐出来了，啪的一声落到地板上。四周围的人全都两眼望着他，甚或把白眼珠翻转出来，做怕人状！

有人说吐痰和吸烟一样，是有瘾的。有痰偏偏不吐，久之亦可断瘾。据我看，断瘾倒大可不必，不过在吐的时候，不妨稍微思索一下，吐到可以吐的那种地方去。

衣食苦乐

喝 茶

　　我不善品茶，不通茶经，更不懂什么茶道，从无两腋之下习习生风的经验。但是，数十年来，喝过不少茶，北平的双窨、天津的大叶、西湖的龙井、六安的瓜片、四川的沱茶、云南的普洱、洞庭湖的君山茶、武夷山的岩茶，甚至不登大雅之堂的茶叶梗与满天星随壶净的高末儿，都尝试过。茶是我们中国人的饮料，口干解渴，唯茶是尚。茶字，形近于荼，声近于槚，来源甚古，流传海外，凡是有中国人的地方就有茶。人无贵贱，谁都有份，上焉者细啜名种，下焉者牛饮茶汤，甚至路边埂畔还有人奉茶。北人早起，路上相逢，辄问讯："喝茶未？"茶是开门七件事之一，乃人生必需品。

　　孩提时，屋里有一把大茶壶，坐在一个有棉衬垫的藤箱里，相当保温，要喝茶自己斟。我们用的是绿豆碗，这种碗大号的是饭碗，小号的是茶碗，作绿豆色，粗糙耐用，当然和宋瓷不能比，和江西瓷不能比，和洋瓷也不能比，可是有一股朴实厚重的风貌，现在这种碗早已绝迹，我很怀念。这种碗打破了不值几文钱，脑勺子上也不至于挨巴掌。银托白瓷小盖碗是祖父母专用的，我们看着并不羡慕。看那小小的一盏，两口就喝光，泡两三回就得换茶叶，多麻烦。如今盖碗很少见了，除非是到故宫博物院拜会蒋院长，他那大客厅里总是会端出盖碗茶敬客。再不就是在电视剧中也常看见有盖碗茶，可是演员一手执盖一手执碗缩着脖子啜茶那副狼狈相，令人发噱，因为他不知道喝盖碗茶应该是怎样的喝法。他平素自己喝茶大概一直是用玻璃杯、保温杯之类。如今，我们此地见到的盖碗，多半是近年来本地制造的"万寿无疆"的那种样式，瓷厚了一些；日本制的盖碗，样式微有不同，总觉得有些怪怪的。近有人回大陆，顺便探视我的旧居，带来我三十多年前天天使用的一只瓷盖碗，原是十二套，只剩此一套了，碗沿还有一点磕损，睹此旧物，勾起往日的心情，不禁黯然。盖碗究竟是最好的茶具。

茶叶品种繁多，各有擅长。有友来自徽州，同学清华，徽州产茶胜地，但是他看到我用一撮茶叶放在壶里沏茶，表示惊讶，因为他只知道茶叶是烘干打包捆载上船沿江运到沪杭求售，剩下来的茶梗才是家人饮用之物。恰如北人所谓"卖席的睡凉炕"。我平素喝茶，不是香片就是龙井，多次到大栅栏东鸿记或西鸿记去买茶叶，在柜台前面一站，徒弟搬来凳子让座，看伙计称茶叶，分成若干小包，包得见棱见角，那份手艺只有药铺伙计可以媲美。茉莉花窨过的茶叶，临卖的时候再抓一把鲜茉莉花放在表面上，所以叫作双窨。于是茶店里经常是茶香花香，郁郁菲菲。父执有名玉贵者，旗人，精于饮馔，居恒以一半香片一半龙井混合沏之，有香片之浓馥，兼龙井之苦清。吾家效而行之，无不称善。茶以人名，乃径呼此茶为"玉贵"，私家秘传，外人无由得知。

其实，清茶最为风雅。抗战前造访知堂老人于苦茶庵，主客相对总是有清茶一盂，淡淡的、涩涩的、绿绿的。我曾屡侍先君游西子湖，从不忘记品尝当地的龙井，不需要攀登南高峰风篁岭，近处平湖秋月就有上好的龙井茶，开水现冲，风味绝佳。茶后进藕粉一碗，四美具矣。正是"穿牖而来，夏日清风冬日旭；卷帘相见，前山明月后山山"（骆成骧联）。有朋自六安来，贻我瓜片少许，叶大而绿，饮之有荒野的气息扑鼻。其中西瓜茶一种，真有西瓜风味。我曾过洞庭，舟泊岳阳楼下，购得君山茶一盒。沸水沏之，每片茶叶均如针状直立漂浮，良久始舒展下沉，味品清香不俗。

初来台湾，粗茶淡饭，颇想倾阮囊之所有在饮茶一端偶作豪华之享受。一日过某茶店，索上好龙井，店主将我上下打量，取八元一斤之茶叶以应，余示不满，乃更以十二元者奉上，余仍不满，店主勃然色变，厉声曰："买东西，看货色，不能专以价钱定上下。提高价格，自欺欺人耳！先生奈何不察？"我爱其憨直。现在此茶店门庭若市，已成为业中之翘楚。此后我饮茶，但论品味，不问价钱。

茶之以浓酽胜者莫过于工夫茶。《潮嘉风月记》说工夫茶要细炭初沸连壶带碗泼浇，斟而细呷之，气味芳烈，较嚼梅花更为清绝。我没嚼过梅花，不过我旅居青岛时有一位潮州澄海朋友，每次聚饮酩酊，辄相偕走访一潮州帮巨商于其店肆。肆后有密室，烟具、茶具均极考究，小壶小盅有如玩具。更有娈婉丱童伺候煮茶、烧烟，因此经常饱吃工夫茶，诸如铁观音、大红袍，吃了之后还携带几匣回家。不知是否故弄玄虚，谓炉火与茶具相距以七步为度，沸水之温度方合标准。与小盅而饮之，若饮罢径自返盅于盘，则主人不悦，须举盅至鼻头猛嗅两下。这茶最有解酒之功，如嚼橄榄，舌根微涩，数巡之后，好像是越喝越渴，欲罢不能。喝工夫茶，要有工夫，细呷细品，要有设备，要人服侍，如今乱糟糟的社会里谁有那么多的工夫？红泥小火炉哪里去找？伺候茶汤的人更无论矣。普洱茶，漆黑一团，据说也有绿色者，泡烹出来黑不溜秋，粤人喜之。在北平，我只在正阳楼看人吃烤肉，吃得口滑肚子膨脖不得动弹，才高呼堂倌泡普洱茶。四川的沱茶亦不恶，唯一般茶馆应市者非上品。台湾的乌龙，名震中外，大量生产，佳者不易得。处处标榜冻顶，事实上哪里有那么多的冻顶？

　　喝茶，喝好茶，往事如烟。提起喝茶的艺术，现在好像谈不到了，不提也罢。

饮　酒

　　酒实在是妙。几杯落肚之后就会觉得飘飘然、醺醺然。平素道貌岸然的人，也会绽出笑脸；一向沉默寡言的人，也会议论风生。再灌下几杯之后，所有的苦闷烦恼全都忘了，酒酣耳热，只觉得意气飞扬，不可一世，若不及时知止，可就难免三山颓欹，剔吐纵横，甚至撒疯骂座，以及种种的酒失酒过全部地呈现出来。莎士比亚的《暴风雨》里的卡力班，那个象征原始人的怪物，初尝酒味，觉得妙不可言，以为把酒给他喝的那个人是自天而降，以为酒是甘露琼浆，不是人间所有物。美洲印第安人初与白人接触，就是被酒所倾倒，往往不惜举土地界人以交换一些酒浆。印第安人的衰灭，至少一部分是由于他们的荒腆于酒。

　　我们中国人饮酒，历史久远。发明酒者，一说是仪狄，又说是杜康。仪狄夏朝人，杜康周朝人，相距很远，总之是无可稽考。也许制酿的原料不同、方法不同，所以仪狄的酒未必就是杜康的酒。尚书有《酒诰》之篇，谆谆以酒为戒，一再地说"祀兹酒"（停止这样的喝酒），"无彝酒"（勿常饮酒），想见古人饮酒早已相习成风，而且到了"大乱丧德"的地步。三代以上的事多不可考，不过从汉起就有酒榷之说，以后各代因之，都是课税以裕国帑，并没有寓禁于征的意思。酒很难禁绝，美国一九二〇年起实施酒禁，雷厉风行，依然到处都有酒喝。当时笔者道出纽约，有一天友人邀我食于某中国餐馆，入门直趋后室，索五加皮，开怀畅饮。忽警察闯入，友人止予勿惊。这位警察徐徐就座，解手枪，铮然置于桌上，索五加皮独酌，不久即伏案酣睡。一九三三年酒禁废，直如一场儿戏。民之所好，非政令所能强制。在我们中国，汉萧何造律："三人以上无故群饮，罚金四两。"此律不曾彻底实行。事实上，酒楼妓馆处处笙歌，无时不飞觞醉月。文人雅士水边修禊，山上登高，一向离不开酒。名士风流，以为持螯把酒，便足了一生，甚至于酣饮无度，扬言"死便埋我"，好像大量饮酒不是什么不很体面的事，真所谓"酗于酒德"。

对于酒，我有过多年的体验。第一次醉是在六岁的时候，侍先君饭于致美斋（北平煤市街路西）楼上雅座，窗外有一棵不知名的大叶树，随时簌簌作响。连喝几盅之后，微有醉意，先君禁我再喝，我一声不响站立在椅子上舀了一匙高汤，泼在他的一件两截衫上。随后我就倒在旁边的小木炕上呼呼大睡，回家之后才醒。我的父母都喜欢酒，所以我一直都有喝酒的机会。"酒有别肠，不必长大"，语见《十国春秋》，意思是说酒量的大小与身体的大小不必成正比，壮健者未必能饮，瘦小者也许能鲸吸。我小时候就是瘦弱如一根绿豆芽。酒量是可以慢慢磨炼出来的，不过有其极限。我的酒量不大，我也没有亲见过一般人所艳羡的那种所谓海量。古代传说"文王饮酒千钟，孔子百觚"，王充《论衡》语增篇就大加驳斥，他说："文王之身如防风之君，孔子之体如长狄之人，乃能堪之。"且"文王孔子率礼之人也"，何至于醉酗乱身？就我孤陋的见闻所及，无论是"青州从事"或"平原都邮"，大抵白酒一斤或黄酒三五斤即足以令任何人头昏目眩粘牙倒齿。唯酒无量，以不及于乱为度，看各人自制力如何耳。不为酒困，便是高手。

酒不能解忧，只是令人在由兴奋到麻醉的过程中暂时忘怀一切。即刘伶所谓"无思无虑，其乐陶陶"。可是酒醒之后，所谓"忧心如酲"，那份病酒的滋味很不好受，所付代价也不算小。我在青岛居住的时候，那地方背山面海，风景如绘，在很多人心目中是最理想的卜居之所，唯一缺憾是很少文化背景，没有古迹耐人寻味，也没有适当的娱乐。看山观海，久了也会腻烦，于是呼朋聚饮，三日一小饮，五日一大宴，豁拳行令，三十斤花雕一坛，一夕而罄。七名酒徒加上一位女史，正好八仙之数，乃自命为酒中八仙。有时且结伙远征，近则济南，远则南京、北京，不自谦抑，狂言"酒压胶济一带，拳打南北二京"，高自期许，俨然豪气干云的样子。当时作践了身体，这笔账日后要算。一日，胡适之先生过青岛小憩，在宴席上看到八仙过海的盛况大吃一惊，急忙取出他太太给他的一个金戒指，上面镌有"戒"字，套在手上，表示免战。过后不久，胡先生就写信给我说："看你们喝酒的样子，就知道青岛不宜久居，还是到北京来吧！"我就到北京去了。

现在回想当年酗酒，哪里算得是勇，真是狂。

酒能削弱人的自制力，所以有人酒后狂笑不止，也有人痛哭不已，更有人口吐洋语滔滔不绝，也许会把平素不敢告人之事吐露一二，甚至把别人的阴私也当众抖露出来。最令人难堪的是强人饮酒，或单挑，或围剿，或投下井之石，千方百计要把别人灌醉，有人诉诸武力，捏着人家的鼻子灌酒！这也许是人类长久压抑下的一部分兽性之发泄，企图获取胜利的满足，比拿起石棒给人迎头一击要文明一些而已。那咄咄逼人的声嘶力竭的豁拳，在赢拳的时候，那一声拖长了的绝叫，也是表示内心的一种满足。在别处得不到满足，就让他们在聚饮的时候如愿以偿吧！只是这种闹饮，以在有隔音设备的房间里举行为宜，免得侵扰他人。

《菜根谭》所谓"花看半开，酒饮微醺"的趣味，才是最令人低回的境界。

请　客

常听人说："若要一天不得安，请客；若要一年不得安，盖房；若要一辈子不得安，娶姨太太。"请客只有一天不得安，为害不算太大，所以人人都觉得不妨偶一为之。

所谓请客，是指自己家里邀集朋友便餐小酌。至于在酒楼饭店"铺筵席，陈尊俎"，呼朋引类，飞觞醉月，享用的是金尊清酒、玉盘珍馐，最后一哄而散，由经手人员造账报销，那种宴会只能算是一种病狂或是罪孽，不提也罢。

妇主中馈，所以要请客必须先归而谋诸妇。这一谋，有分教，非十天半月不能获致结论，因为问题牵涉太广，不能一言而决。

首先要考虑的是请什么人。主客当然早已内定，陪客的甄选大费酌量。眼睛生在眉毛上边的宦场中人，吃不饱饿不死的教书匠，一身铜臭的大腹贾，小头锐面的浮华少年……若是聚在一个桌上吃饭，便有些像是鸡兔同笼，非常勉强。把素未谋面的人拘在一起，要他们有说有笑，同时食物都能顺利地从咽门下去，也未免强人所难。主人从中调处，殷勤了这一位，怠慢了那一位，想找一些大家都有兴趣的话题亦非易事。所以客人需要分类，不能鱼龙混杂。客的数目视设备而定，若是能把所有该请的客人一网打尽，自然是经济算盘，但是算盘亦不可打得太精。再大的圆桌面也不过能坐十三四个体态中型的人。说来奇怪，客人单身者少，大概都有宝眷，一请就是一对，一桌只好当半桌用。有人请客宽发笺帖，心想总有几位心领谢谢，万想不到人人惠然肯来，而且还有一位特别要好的带来一个七八岁的小宝宝！主人慌忙添座，客人谦让，"孩子坐我腿上！"大家挤挤攘攘，其中还不乏中年发福之士，把圆桌围得密不通风，上菜须飞越人头，斟酒要从耳边下注，前排客满，主人在二排敬陪。

拟菜单也不简单。任何家庭都有它的招牌菜，可惜很少人肯用其所长，大概是以平素见过的饭馆酒席的局面作为蓝图。家里有厨师厨娘，自然一声吩咐，不再劳心，否则主妇势必亲自下厨操动刀俎。主人多半是擅长理论，真让他切葱剥蒜都未必够胜任。所以拟定菜单，需要自知之明，临时"钻锅"翻看食谱未必有济于事。四冷荤、四热炒、四压桌，外加两道点心，似乎是无可再减，大鱼大肉，水陆杂陈，若不能使客人连串地打饱嗝，不能算是尽兴。菜单拟订的原则是把客人一个个地填得嘴角冒油。而客人所希冀的也往往是一场牙祭。有人以水饺宴客，馅是猪肉菠菜，客人咬了一口，大叫："哟，里面怎么净是青菜！"一般人还是欣赏肥肉厚酒，管它是不是烂肠之食！

宴客的吉日近了，主妇忙着上菜市，挑挑拣拣，拣拣挑挑，又要物美又要价廉，装满两个篮子，半途休憩好几次才能气喘汗流地回到家。泡的、洗的、剥的、切的，闹哄一两天，然后丑媳妇怕见公婆也不行，吉日到了。客人早已折简相邀，难道还会不肯枉驾？不，守时不是我们的传统。准时到达，岂不像是"头如弯庐咽细如针"的饿鬼？要让主人干着急，等他一催请再催请，然后徐徐命驾，姗姗来迟，这才像是大家风范。当然朋友也有特别性急而提早莅临的，那也使得主人措手不及，慌成一团。客人的性格不一样，有人进门就选一个最好的座位，两脚高架案上，真是宾至如归，也有人寒暄两句便一头扎进厨房，声称要给主妇帮忙，系着围裙伸着两只油手的主妇连忙谦谢不迭。等到客人到齐，无不饥肠辘辘。

落座之前还少不了你推我让的一幕。主人指定座位，时常无效，除非事前摆好名牌，而且写上官衔，分层排列，秩序井然。敬酒按说是主人的责任，但是也时常有热心人士代为执壶，而且见杯即斟，每斟必满。不知是什么时候什么人兴出来的陋习，几乎每个客人都会双手举杯齐眉，对着在座的每一位客人敬酒，一霎间敬完一圈，但见杯起杯落，如"兔儿爷捣碓"。不喝酒的也要把汽水杯子高高举起，虚应故事，喝酒的也多半是狞眉皱眼地抿那么一小口。一大盘热乎乎的东西端上来了，像翅羹，又像糨糊，一人一勺子，盘底花纹隐约可见，上面洒着的一层芫荽不知被哪一位像芟除毒草似的拨到了盘下，又不知被哪一位从盘下夹到嘴里吃了。还有人坚持海味非蘸醋不可，高呼要醋，等到一碟"忌讳"送上台面，海味早已不见了。菜是一道一道的上，上一道客人喊一次"太丰富，太丰富"，然后埋头大嚼，不敢后人。主人照例谦称："不成敬意，家常便饭。"心直口快的客人就许提出疑问："这样的家常便饭，怕不要吃穷了？"主人也只好扑哧一笑而罢。将近尾声的时候，大概总有一位要先走一步，因为还有好几处应酬。这时候主妇踱了进来，红头涨脸，额角上还有几颗没揩干净的汗珠。客人举起空杯向她表示慰劳之意，她坐下胡乱吃一些残羹剩炙。

席终，香茗、水果伺候，客人靠在椅子上剔牙，这时节应该是客去主人安了。但是不，大家雅兴不浅，谈锋尚健，饭后磕牙，海阔天空，谁也不愿首先言辞，致败人意。最后大概是主人打了一个哈欠而忘了掩口，这才有人提议散会。天下无不散之筵席，奈何奈何？不要以为席终人散，立即功德圆满，地上有无数的瓜子皮、纸烟灰，桌上杯碟狼藉，厨房里有堆成山的盘碗锅勺，等着你办理善后！

喜 筵

清梁晋竹《两般秋雨盦随笔》有这样一段：

> 湖南麻阳县，某镇，凡红白事，戚友不送套礼，只送份金，始于一钱而极于七钱，盖一阳之数也。主人必设宴相待，一钱者食一菜，三钱者三菜，五钱者遍淆，七钱者加簋。故宾客虽一时满堂，少选，一菜进，则堂隅有人击小钲而高唱曰："一钱之客请退。"于是纷然而散者若干人。三菜进，则又唱："三钱之客请退。"于是纷然而散者又若干人。五钱以上不击，而客已寥寥矣。

我初看几乎不敢相信有此等事。"夫礼，禁乱之所由生。"所以我们礼仪之邦最重礼防。"名位不同，礼亦异数。"所以，礼数亦不能人人平等。但是麻阳县某镇安排喜筵的方式，纵然秩序井然，公平交易，那一钱三钱之客奉命退席，究竟脸上无光，心中难免惭恧，就是五钱七钱之客，怕也未必觉得坦然。乡曲陋俗，不足为训。我后来遇到一位朋友，他来自江苏江阴乡下，据他说他的家乡之治喜筵亦大致如此，不过略有改良。喜筵备齐之后，司仪高声喊叫："一元的客人入席！"一批人纷纷就座，本来菜数简单，一时风卷残云，鼓腹而退。随后布置停当，二元的客人大摇大摆地应声入席。最后是三元、四元的客人入座，那就是贵宾了。这分批入座的办法，比分别退席的办法要稍体面一些。

我小时候在北平也见过不少大张喜筵的局面。喜庆丧事往来，家家都有个礼簿。投桃报李，自有往例可循。簿上未列记录者，彼此根本不须理会。礼簿上分别注明，"过堂客"与"不过堂客"，堂客即是女眷之谓。所以永远不会有出人意料的阃第光临之事发生。送礼大概不外份金与席票两种。所谓席票，即是饭庄的礼券，最少两元，最多六元、八元不等。这种礼券当然可以随时兑取筵席，不过大部分的人都是把它收藏起来，将来转送出去。有时候送来送去，饭庄或者早已歇业。有时候持票兑取筵席，业者会报以白眼。北平的餐馆业分两种：一种是饭馆，大小不一，口味各异，乃普通饮宴之处；一种是饭庄，比较大亦比较旧，一律是山东菜。例如福寿堂、庆寿堂、天福堂等等。通常是称"堂"，有宽大的院落，甚至还有戏台。办红白事的人家可以借用其地，如果自己家里宽绰，也可令饭庄外会承办酒席。那时候用的是八仙桌，二人条凳，一桌坐六个人，因为有一面是敞着的，为的是便利主人敬酒、堂倌上菜。有时人多座少，也可以临时添个条凳打横。男女分座，男的那边固然是杯盘狼藉叫嚣震天，女的那边也不示弱，另有一番热闹。席上的菜数不外是四干、四鲜、四冷荤、四盘、四碗、四大件。大量生产的酒席，按说没有细活，一定偷工减料，但是不，上等饭庄的师傅们驾轻就熟，老于此道，普普通通的烩虾仁、溜鱼片、南煎丸子、烩两鸡丝……做得有滋有味，无懈可击。四大件一上桌，扒烂肘子、黄焖鸭子之类，可以把每个人都喂得嘴角流油。堂客就席，比较斯文，虽然她们的颔下照例都挂上一块精致美观的围巾，像小儿的涎布一样，好像来者不善的样子，其实都很彬彬有礼。只是每位堂客身后照例有一位健仆，三河县的老妈儿，个个见多识广，眼明手快，主人敬酒之后，客人不动声色，老妈儿立刻采取行动，四干四鲜登时就如放抢一般抓进预备好的口袋，手法利落，疾如鹰隼。那时尚无塑胶袋之类，否则连汤连水的东西一齐可以纳入怀内。这一阵骚动之后，正菜上桌，老妈各为其主，代为夹菜，每人面前碟子乱七八糟地堆成一个小丘，同时还有多礼的客人互相布菜。扒烂肘子、黄焖鸭之类的大块文章，上桌亮相几秒钟就会被堂倌撤下，扬言代客拆碎，其实是换上一盘碎拼的剩菜充数，这是主人与饭庄预先约定的一着。如果运气好，一盘原装大菜可以亮相好几次。假如客人恶作剧，不容分说，对准了鸭子、肘子就是一筷子，主人也没有办法，只好暗道苦也苦也。

如今办喜事的又是一番气象。喜帖满天飞，按照职员录、同学录照抄不误，所以喜筵动辄二三十桌。我常看见客人站在收礼台前从荷包里抽出一沓钞票，一五一十地数着，往台上一丢，心安理得地进去吃喜酒了，连红封包裹的一层手续也省却了。好简便的一场交易。

　　前面正中有一桌，铺着一块红桌布，大家最好躲远一些。礼成之后，观众入席，事实上大批观众早已入席，有的是熟人旧识呼朋引类霸占一方，有的是各色人等杂拼硬凑。那红桌布是为新郎新娘而设，高踞首座，家长与证婚人等则末座相陪。长幼尊卑之序此时无效。新娘是不吃东西的，象征性地进食亦偶尔一见。她不久就要离座，到后台去换行头，忽而红妆，遍体锦绣，忽而绿袄，浑身亮片，足折腾一气，一鼓作气，再而衰，三而竭，换上三套衣服之后来源竭矣。客人忙着吃喝，难得有人肯停下箸子瞥她一眼。那几套衣服恐怕此生此世永远不会再见天日。时装展览之后，新娘新郎又忙着逐桌敬酒，酒壶里也许装的是茶，没有人问，绕场一匝，虚应故事。可是这时节，客人有机会仔细瞻仰新人的风采，新娘的脸上敷了多厚的一层粉，眼窝涂得是否像是黑煤球，大家心里有数了。这时候，喜筵已近尾声，尽管鱼虾之类已接近败坏的程度，每桌上总有几位嗅觉不大灵敏而又有不择食的美德。只要不集体中毒，喜筵就算是十分顺利了。

厨　房

从前有教养的人家子弟，永远不走进下房或是厨房，下房是仆人起居之地，厨房是庖人治理膳馐之所，湫隘卑污，故不宜侧身其间。厨房多半是在什么小跨院里，或是什么不显眼的角落（旮旯儿），而且常常是邻近溷厕。孟子有"君子远庖厨"之说，也是基于"眼不见为净"的道理。在没有屠宰场的时候，杀牛宰羊均须在厨中举行，否则远庖厨做甚？尽管席上的重珍兼味美不胜收，而那调和鼎鼐的厨房却是龌龊脏乱，见不得人。试想，煎炒烹炸，油烟迷蒙而无法宣泄，烟熏火燎，煤渣炭屑经常地月累日积，再加上老鼠横行，蚊蝇乱舞，蚂蚁蟑螂之无孔不入，厨房焉得不脏？当然厨房也有干净的，想郇公厨香味错杂，一定不会令人望而却步，不过我们的传统厨房多少年来留下的形象，大家心里有数。

埃及废王法鲁克，当年在位时，曾经游历美国，看到美国的物质文明，光怪陆离，目不暇接，对于美国家庭的厨房之种种设备，尤其欢喜赞叹。临归去时，他便订购了最豪华的厨房设备全套，运回国去。他的眼光是很可佩服的，他选购的确是美国文化精粹的一部分。虽然那一套设备运回去之后，曾否利用，是否适用，因为没有情报追踪，我们不得而知，但是我们知道埃王陛下一顿早点要吃二十个油煎荷包蛋，想来御膳的规模必不在小，美国式家庭厨房的设备是否能胜负荷，就很难说。

美式厨房是以主妇为中心而设计的。所占空间不大，刚好容主持中馈的人站在中间有回旋的余地。炉灶用电，不冒烟，无气味，下面的空箱放置大大小小的煮锅和平底煎锅，俯拾即是。抬头有电烤箱或是微波烤箱，烤鸡烤鸭烤盆菜，烘糕烘点烘面包，自动控制，不虞烧焦。左首有沿墙一般长的料理台，上下都是储柜抽屉，用以收藏盘碗餐具，墙上有电插头，供电锅、烤面包器、绞肉机、打蛋器之类使用。台面不怕刀切不怕烫。右边是电冰箱，一个不够可以有两个。转过身来是洗涤槽，洗菜洗锅洗碗，渣渣末类的东西（除了金属之外）全都顺着冷热水往下冲，开动电钮就可以听见呼噜呼噜的响声，底下一具绞碎机（disposal）发动了，把一切的渣滓弃物绞成了碎泥冲进下水道里。下水道因此无阻塞之虞。左首有个洗碗机，冲干净了的碟碗插列其间，装上肥皂粉，关上机门开动电钮，盘碗便自动洗净而且吹干。在厨做饭的人真是有左右逢源进退自如之感。

美式厨房也非尽善尽美。至少寓居美国而坚持不忘唐餐的人就觉得不大方便。唐餐讲究炒菜，这个"炒"字是美国人所不能领略的。炒菜要用锅，尖底的铁锅（英文为wok，大概是粤语译音），西式平底锅只宜烙饼煎蛋，要想吃葱爆牛肉片榨菜炒肉丝什么的，非尖底锅不办，否则翻翻搅搅掂掂那几下子无从施展。而尖底锅放在平平的炉灶上，摇摇晃晃，又非有类似"支锅碗"的东西不可，炒菜有时需要旺油大火，不如此炒出来的东西不嫩。过去有些中国餐馆大师傅，嫌火不够大，不惜舀起大勺猪油往灶口里倒，使得火苗骤旺，电灶火力较差，中国人用电灶容易把电盘烧坏，也就是因为烧得太旺太久之故。火大油旺，则油烟必多。灶上的抽烟机所发作用有限，一顿饭做下来，满屋子是油烟，寝室客厅都不能免。还有外国式的厨房不备蒸笼，所谓双层锅，具体而微，可以蒸一碗蛋羹而已。若想做小笼包，非从国内购运柳木制的蒸笼不可，一层屉不够要两三层，摆在电灶上格格不入。铝制的蒸锅，有干净相，但是不对劲。

人在国外而顿顿唐餐，则其厨房必定走样。我有一位朋友，高尚士也，旅居美国多年，贤伉俪均善烹调，热爱我们的固有文化，蒸、炒、烹、煎，无一不佳。我曾叨扰郁厨，坐在客厅里，但见厨房门楣之上悬一木牌写着两行文字，初以为是什么格言之类，趋前视之，则是一句英文，曰："我们保留把我们自己的厨房弄得乱七八糟的权利。"当然这是给洋人看的。我推门而入，所谓乱七八糟是谦辞，只是东西多些，大小铁锅蒸笼，油钵醋瓶，各式各样的作料器皿，纷然杂陈，随时待用。做中国菜就不能不有做中国菜的架势。现代化的中国厨房应该是怎个样子，尚有待专家设计。

我国自古以来，主中馈的是女人，虽然解牛的庖丁一定是男人。《易·家人》："无攸遂，在中馈，贞吉。"疏曰："妇人之道，巽顺为常，无所必遂，其所职主在于家中馈食供祭而已。"所以新妇三日便要入厨洗手做羹汤，多半是在那黑黝黝又脏又乱的厨房里打转一直到老。我知道一位缠足的妇人，在灶台前面一站就是几个钟头，数十年如一日，到了老年两足几告报废，寸步难移。谁说男子可以不入厨房？假如他有时间、有体力、有健康的观念，应该没有阻止他进入厨房的理由。有一次我在厨房擀饺子皮，系着围裙，满手的面粉，一头大汗，这时候有客来访，看见我的这副样子大为吃惊，他说："我是从来不进厨房的，那是女人去的地方。"我听了报以微笑。不过他说的话不是没有事实根据，绝大多数的女人是被禁锢在厨房里，而男人不与焉。今天之某些职业妇女常得意忘形地讽主持中馈的人为"在厨房上班"。其实在厨房上班亦非可耻之事，我们的母亲祖母曾祖母有几个不在厨房上班？在妇女运动如火如荼的美国，妇女依然不能完全从厨房里"解放"出来。记得某处妇女游行，有人高举木牌，上面写着"停止烧饭，饿死那些老鼠！"老鼠饿不死的，真饿急了他会乖乖地自己去烧饭。

记日本之饮食店

友人王君，有易牙癖。顷自东瀛归，述日本饮食店之种类及其烹调法，甚为详尽。爰为记之，以备东游者之参考焉。

日本人之烹调法，分为两种：甲、固有者；乙、外来者。

日本固有烹调法之饮食店，种类颇多。

①日本料理屋　饭皆米饭，菜多鱼虾，酒多为日本酒，重喝不重吃，菜多生冷，味多甜，为纯粹之日本风。

②牛鸟屋　饭皆米饭，菜为牛肉片、鸡片、鱼片等，皆以生者进，佐以酱油、白糖，副食物为大葱、豆腐、干粉，由客人自己动手下锅。

③辨当[1]屋　卖米饭及简单之冷菜。

④寿司屋　卖团成长圆形之冷饭，副食物为紫菜、咸菜、生鱼片、煮虾片、炒鸡蛋片，裹于饭团内，或附着于其外。

---

[1] 即便当。

⑤汁粉屋　以豆沙与年糕同煮，和以白糖，名曰"汁粉"。又以各种水菜与年糕同煮，和以酱油，名曰"杂煮"，兼卖各种点心。

⑥铭酒屋　卖日本酒与冷菜，重喝不重吃，兼营暗娼。

⑦茶屋　卖茶与点心、水果，有时亦兼寿司，野外有之，市内繁华之地无有。

至于外来烹调法之饮食店，则有两种：

甲、古代输入者

①荞麦屋　以荞麦粉为条，煮而食之，名曰"荞麦"，以小麦粉为条，煮而食之，名曰"馄饨"。冷吃时，蘸以酱油，类似中国之凉拌面；热吃时，和以汤及酱油、葱丝，类似中国之素面。有时加以炸虾、鸡子、鸡片，临吃时，对酱油浇汤，故往往糟烂不堪也。

②天妇罗屋　以小麦粉裹鱼虾之类炸之，名曰"天妇罗"，兼卖米饭与日本酒。

以上两种烹调法，皆模仿中国者也。

乙、近代输入者

①西洋料理屋　卖大菜与西洋酒，佐以面包，有时兼卖米饭，与中国之番菜馆同。其烹调法，有英、法、德、俄、美各国风之区别。

②牛乳屋　卖牛乳、面包与洋点心。

③咖啡屋　卖咖啡与洋点心，有时兼卖简单之西餐。

以上三种烹调法，皆模仿欧美各国者也。

④中国料理屋　卖中国菜与饼干、饺子、包子、烧卖等类，

兼卖中国各种点心，有北京风、山东风、上海风、广东风之区别，而山东、广东风者尤多。

⑤朝鲜料理屋　卖米饭与朝鲜式之菜。

此外又有冰屋一种，专卖冰与汽水，夏天有之，冬天则改卖水果焉。

以上所举各种，在十数年前，日本料理最流行，西洋料理次之，中国料理又次之，朝鲜料理亦有。近来西洋料理与中国料理大盛，日本料理大衰，朝鲜料理几绝迹矣。盖日本料理，菜甚简单，价极昂贵，重喝不重吃；但其下女装饰，较为华丽，且可以至外边叫艺伎，故含有行乐性质。以打茶围为目的者，愿去；专以吃饭为目的者，不愿去也。西洋料理，以卖饭与大菜为目的，价较廉，味较美。中国料理，以卖面与点心为目的，价益廉，味益美。两者皆重吃不重喝，且不能携妓偕往，故凡以吃饭为目的而图省钱者，皆愿往也。朝鲜料理，好卖辣菜，不甚可口，且不投日人嗜好，近来受西洋料理、中国料理之影响，已归淘汰之列矣。

日本料理，有一等馆子，无二、三等馆子；缘一等馆子，地势宏敞，应酬周到，二、三等馆子，较为狭隘，应酬欠周，有钱者不肯去，无钱者不敢去，故多改业，开西洋料理。中国料理，有二、三等馆子，无一等馆子。因日人吃中国菜，尚未成习惯，目的在吃中国面与烧卖、包子；故小馆能支持，大馆不易存在也。唯西洋料理，各等馆子皆有，足见其流行之盛，可以压倒一切也。

十数年前，中国料理初兴时，营业者多中国人，顾客亦皆中国客也。现在中国料理盛行，则营业者多日本人，而顾客亦多日本客矣。中国顾客所以减少者，由于留日学生逐渐回国，人数大减之故。日本顾客所以增加者，则以中国料理价廉物美，故趋之若鹜也。

饭前祈祷

读过查尔斯·兰姆那篇《饭前祈祷》小品文的人，一定会有许多感触。六十年前我在美国科罗拉多泉念书的时候，和闻一多在瓦萨赤街一个美国人家各赁一间房屋。房东太太密契尔夫人是典型的美国主妇，肥胖、笑容满面、一团和气，大约有六十岁，但是很硬朗，整天操作家务，主要的是主持中馈，好像身上永远系着一条围裙，头戴一顶荷叶边的纱帽。房东先生是报馆排字工人，昼伏夜出，我在圣诞节才得和他首次晤面。他们有三个女儿，大女儿陶乐赛已进大学，二女儿葛楚德念高中，小女儿卡赛尚在小学，他们一家五口加上我们两个房客，七个嘴巴都要由密契尔夫人负责喂饱，而且一日三餐，一顿也少不得。房东先生因为作息时间和我们不同，永不在饭桌上和我们同时出现。每顿饭由三个女孩摆桌上菜，房东太太在厨房掌勺，看看大家都已就位，她就急忙由厨房溜出来，抓下那顶纱帽，坐在主妇位上，低下头做饭前祈祷。

我起初对这种祈祷不大习惯。心想我每月付你四五十元房租，包括膳食在内，我每月公费八十元，多半付给你了，吃饭的时候还要做什么祈祷？感恩吗？感谁的恩？感上帝赐面包的恩吗？谁说面包是他所赐？……后来我想想，入乡随俗，好在那祈祷很短，嘟嘟囔囔地说几句话，也听不清楚说的是什么。有时候好像是背诵那滚瓜烂熟的"主祷文"，但是其中只有一句与吃有关："赐给我们每天所需的面包。"如果这"每天"是指今天，则今天的吃食已经摆在桌上了，还祈祷什么？如果"每天"是指明天，则吃了这顿想那顿，未免想得远了些。若是表示感恩，则其中又没有感激的话语。尤其是，这饭前祈祷没有多少宗教气息，好像具文。我偷眼看去，房东太太闭着眼低着头，口中念念有词，大女儿陶乐赛也还能聚精会神，卡赛则常扮鬼脸逗葛楚德，葛楚德用肘撞卡赛。我和一多面面相觑，不知所措。

兰姆说得不错。珍馐罗列案上，令人流涎三尺，食欲大振，只想一番饕餮，全无宗教情绪，此时最不宜祈祷。倒是维持生存的简单食物，得来不易，于庆幸之余不由得要感谢上苍。我另有一种想法，尤其是在密契尔夫人家吃饭的那一阵子，我们的胃习惯于大碗饭、大碗面，对于那轻描淡写的西餐只能感到六七分饱。家常便饭没有又厚又大的煎牛排。早餐是以半个横剖的橘柑或葡萄柚开始，用茶匙挖食其果肉，再不就是薄薄一片西瓜，然后是一面焦的煎蛋一枚。外国人吃煎蛋不像我们吸溜一声一口吞下那个嫩蛋黄，而是用刀叉在盘里切，切得蛋黄乱流，又不好用舌去舔。两片烤面包，抹一点牛油。一杯咖啡灌下去，完了。午饭是简易便餐，两片冷面包，一点点肉菜之类。晚饭比较丰盛，可能有一盅热汤，然后不是爱尔兰炖肉，就是肉末炒番薯泥，再加上一道点心如西米布丁之类，咖啡管够。倒不是菜色不好，密契尔夫人的手艺不弱，只是数量不多，不够果腹。星期日午饭有烤鸡一只，当场切割，每人分得一两片，大匙大匙的番薯泥浇上鸡油酱汁。晚饭就只有鸡骨架剥下来的碎肉烩成稠糊糊的酱，放在一片烤面包上，名曰鸡派，其他一概全免。若是到了感恩节或是圣诞节，则卡赛出出进进地报喜："今天有火鸡大餐！"所谓火鸡，肉粗味淡，火鸡肚子里面塞的一坨一坨黏糊糊的也不知是什么东西。一多和我时常踱到街上补充一个汉堡肉饼或热狗之类。在这种情形下，饭前祈祷对于我没有什么太大的意义，就是饭后祈祷恐也不免带有怨声，而不可能完全是谢主的恩典。

我小时候，母亲告诉我，碗里不可留剩饭粒，饭粒乜不可落在桌上地上，否则将来会娶麻脸媳妇。这个威吓很能生效，真怕将来床头人是个麻子。稍长，父亲教我们读李绅《悯农》诗："锄禾日当午，汗滴禾下土。谁知盘中餐，粒粒皆辛苦。"因此更不敢糟蹋粮食。对于农民老早地就起了感激之意。养猪养鸡的、捕鱼捕虾的，也同样地为我服务，我凭什么白白地受人供养？吃得越好，越惶恐，如果我在举箸之前要做祈祷，我要为那些胼手胝足为大家生产食粮、供应食物的人祈福。

如今我每逢有美味的饮食可以享受的时候，首先令我怀想的是我的双亲。我父亲对于饮膳非常注意，尤嗜冷饮，酸梅汤要冰镇得透心凉，山里红汤微带冰碴儿，酸枣汤、樱桃水……都要冰得入口打哆嗦。可惜我没来得及置备电冰箱，先君就弃养了。我母亲爱吃火腿、香蕈、蚶子、蛏干、笋尖、山核桃之类的所谓南货，我好后悔没有尽力供养。美食当前，辄兴风木之思，也许这些感受可以代替所谓的饭前祈祷了吧？

生病与吃药

不幸生而为人，于是便难免要生病。所以人生的几大关键——生、老、病、死，病也要算其中之一。一般受资本家压迫的人，往往感觉到生病之不应该，以为病是应该生在有钱人的身上。其实病之于人，大公无私，初无取舍，张三的臀部可以生疮，李四的嘴边也许就同时长疔，谁也说不定。不过这吃药的问题，倒不是人人能谈得到的。你说，我病了应该吃药，请你借我几个饯买药，你就许摇头。所以说，病是人人可生，而药非人人得吃也。

听说药有中西之分。听说又有所谓医院者，病人进去之后，有时候也可以治好病。然而医院的资本听说非常之大，所以住医院要比住旅馆还贵一点儿。又常听说，这个病人死后的开销，有时候就算在那一个人活着时候的账上。……这都是道听途说，我生性不好冒险，所以也不知是真是假。

没吃过猪肉的人也许见过猪走，我没住过医院，然亦深知住医院必须喝药水矣。这就与我们中医异趣了。我们中医大概都秉性忠厚一些，绝不肯打下一针去就让你死去活来，他会今天给你两钱甘草，明天开上三分麦冬，如若你要受罪，他能让你慢慢地受，给你留出从容预备后事的工夫，这便是中医的慈善处。中医之所以历数千年而弗替者，其在是乎？

　　生病吃药，好像是天经地义矣，其实病的好与不好，不必在药之吃与不吃。但是做医生的人，纵或不盼望你常生病，至少也要希望你病了之后去求他开个方子。开了方子之后，你当然不免要到药店买药。做药房生意的人，是最慈悲不过的，时常替病人想省钱的方法。例如鱼肝油是补养的，而你新从乡下来不曾知道，或者就许到一位德医先生处去领教。德医给你试了体温，仔细研究，曰："可以吃鱼肝油矣！"你除了买鱼肝油之外，还要孝敬德医几块。卖药的人，看了这种情形，心中大是不忍，觉得病人药是要买的，而医则大可不必去看。于是他们便借重所谓报纸者，登它一段广告，告诉你什么什么丸包治百病，什么什么剂百病包治，什么什么膏能让你不生毛的地方生毛，什么什么水能让你长毛的地方不长毛。只要你留心看报，按图索骥，任凭你生什么稀奇古怪的病，报上就有什么稀奇古怪的药。你买一回药，若不见效，那是因为药性温和了一点，再买点试试看，总有你不幸而占勿药[1]的一天。住在上海的人可别生病。不是为别的，是因为上海的医生太多，并且个个都好，有新从德国得博士的赵医士，有久留东洋的钱医士，有在某某学校卒业几乎和到过德国一样的

---

[1]　即早占勿药。——编者注

孙医士，还有那诸医束手我能医的李医士，良医遍天下，你将何去何从呢？假如你不肯有所偏倚，你只得在这无数良医的门前犹豫徘徊逡巡，就在犹豫徘徊之间，你的病也许就发生变乱了。

所以，我的主张是：（一）最好不是人，（二）次好是人而不生病，（三）再次好是不在上海生病，（四）再次好是在上海生病而不吃药，（五）再次好是在上海生病吃药而不就医，（六）再次好只有希望在下世。我的上面这六个主意，能倒按着次序完全做到！

病从口入

病从口入，这是我们的一句古训。意思是说，食物由口里进去，往往便在肚里作怪，以致闹出病来。所以我们便迁怒到这嘴上，假如人而无口，病岂不是无从入了吗？是的，但是食也就无从入了。故此我们若想免病，仍要在食品上力求清洁，而这个口似乎是不负什么责任的。

我们中国的人士，似乎很能了解这个病从口入的古训，所以除了在食物上加以相当的注意以外，对于口之张闭，漫不经心。有饭吃的时候，当然是大家争着张口，并且赛着张大了口，这却无足怪。而在不吃饭的时候，有人还是把口张着。我们只消留神考察，电车上，戏园里，街旁的群众里，到处可以发现许多同胞，逍遥自在地大张其口。

据说，无事张口，是有碍卫生的。在恶劣的空气里，成千成万的小动物，如霉菌之类，无孔不入，很容易在你张口的时候，长驱直入，成了腹心之患。所以病从口入这句话，是很有道理的。

现在天气一天比一天热，空气里的霉菌又到了飞扬得意的时候。愿保身养性的人，努力加餐，没事的时候，免开尊口。

好容易过了端午节

　　好容易过了端午节！我昨天一天以内，因为受了精神上的压迫，头部和背部流出来的汗，聚在一起，恐怕要在一加仑[1]以上。为什么要在端午节那天出这些汗呢？这就一言难尽了，容我分作许多言来说罢。

　　过端午节，吃粽子，喝雄黄酒，悬菖蒲，这些事都很足以令人乐观，做起来也无须出汗。但是除此以外，还有一件极重大的事，先生小姐们，这件事在你们也许不大理会，但是在我就是一件性命交关的事，这件事便是还账！柴，米，两项大宗的账，不能不还的。但是店铺也真太不原谅人，还账只准用钱还，而我所缺乏的只是钱。

　　一清早，叩门声甚急。我战战兢兢地开了门，只见一位着短衣的人，手里拿着一张字条，问我："这里是姓王吗？"我登时

_____

［1］一加仑约等于三点七八升。

面无人色，吞吞吐吐地从喉咙深处哼出一声："是的！"我伸手把字条接过来，心里想着也不必看了，一定是来要钱的。我懒洋洋地走上楼，像是小孩子上学似的，一步一步地挨着走，心里真有一点悲哀。前天到当铺里当得五块钱，这一笔账还可以付，第二笔便无法付了。我把钱拿在手里，低头一看账单，咦！哪里是一张账单，上面分明写着："王兄：兹送上枇杷一筐，诸希哂纳是幸。弟李思缘拜。"原来李先生送节礼来了。我笑了。

"喂，你把那筐枇杷拿进来吧……这是给你的酒力钱……回去谢谢李先生啊！……"

那个人笑嘻嘻的，我也笑嘻嘻的。那个人看了我一眼，我可是没有敢望他。他走了，我也上了楼，把那五块宝贝钱重新收起，把一颗枇杷塞进口内。

嗒！嗒！嗒！又有人叫门了。我自己明白，这一回恐怕逃不过去。我怕吓破了胆子，力求我的太太下楼去开门，她到胆大，把门开了，只见挤进了半个戴绿帽穿绿衣的人。因为我的太太只开了半尺来宽的门缝，所以只挤进了半个人，还有半个在门外。"你有什么事？"

那半个人说："我来拜节。"

一角钱从我的太太的衣袋里走了出去，那半个人从大门缝退了出去。

平平安安地又过了半点钟。忽地又有人叫门了！大门开处，只见又有半个戴绿帽穿绿衣的人挤了进来。他说他也是来拜节的。我心里猜想，一定是方才没有挤进来的那半个人。经我严厉质问之后，才知道他是送快信的，与方才来的那半个人不是一回事。于是乎我又付了一角钱的拜节账。

我的太太曰："讨账的虽尚未来，而拜节的则纷至不已，呜呼，此地岂可久居？"

我曰："然则走乎？"

我们走了。走到一个顶远的地方，走出了许多的时候，天黑了，我们回来，娘姨表示热烈的欢迎，她说："啊哟哟！柴店和米店的伙计自从你们走后就来了，守候了一天，饿不过才走的……"

我就这样的战胜了端午节。

戒　烟

戒烟的念头，起过好几次。第一次想戒烟，是在西历一千九百二十三年十一月三十日下午五点多钟，那时候衣袋里只剩两只角子，一块面包要一角三分，实际上我只有七分钱的盈余。要买整盒的香烟，无论什么牌子的，都很为难。当时我便下了一个绝大的决心，在我的寝室里行宣誓礼，拿出烟盒里最后一支香烟，折为两段，誓曰："电灯在上，地板在下，我如再开烟禁，有如此烟！"

当晚口里便觉得油腻腻的难过，翻来覆去地睡不着觉。第二天清早起来，摸摸衣袋，还是那两只角子，不见多也不见少。我便打开衣橱，把我的几套破衣裳烂裤子捣翻出来，每一个口袋里伸手摸一次，探囊取物，居然凑集起来，摸出了两块多钱。可见我平常积蓄有素，此刻便可措置裕如。这两块多钱怎样用呢？除了吃一顿饱饭以外，我还买了一盒三角钱十支的"莎乐美"[1]。我便算是把烟禁开了。开禁的理由是："昨晚之戒烟，是因受经济的压迫，不是本愿，当然可以原谅。"于是乎第一次戒烟失败。

一年过去了。屋角堆着的空烟盒子，堆到了三四尺高。一天清早，忽然发愿清理，统计之下，这一堆烟盒代表我已吸的烟约有一百三四十元之谱。未免心里有点感慨，想起往常用钱，真好像是一块钱一块钱地挂在肋骨上似的，轻易不肯忍痛摘用。如今吸烟就费如许金钱，真对不起将来的子孙。于是又下决心，实行戒烟，每月积下十元，作为储蓄。这戒烟的时期延长到半个多月。有一天，坐火车，车里面除了几位太太几个小孩子一只小巴儿狗以外，几乎个个人抽烟，由雪茄以至关东，烟气冲天。这时候，我若不吸烟，可有什么旁的办法？凡事有经有权，我于是乎从权，开禁吸烟。我又于是乎一吸而不可复禁，饭后若不吸烟，喉咙里就好像有一只小手乱抓似的。没法子，第二次戒烟又失败了。

男大当娶，女大当嫁，我侥幸已经到了"大"的时期，并且也居然娶了。闺房之内，约法二章，一不吸烟二不饮酒。阃令森严，无从反抗。于是我又决计戒烟。但是怎样对朋友说呢？这是一个问题。

"老王，你还吸烟否？"

我说："戒烟了。"

"为什么又戒了？"

---

[1] "莎乐美"是一种麝香熏过的香烟名。——编者注

我说："这两天喉咙痛。"

过几天我到朋友家去，桌上香烟火柴都是现成的，我便顺手吸一支。久之，朋友都看出我在外面就吸烟，在家就戒烟，议论纷纷。纸里包不住火，我索性宣布了。我当众声明，我现在已然娶了太太，因为要维持应享的娶后的利益起见，决计戒烟，但是为保持我娶前的既得权起见，决计不立刻完全戒烟。枕上会议，议决：实行戒烟，但分两个步骤，第一步是从不买烟入手，第二步才是不吸烟。我如今已经娶了三年，还在第一步戒烟状态之中。若有人把烟送上门来，我当然却之不恭，受之却也无愧。若叫我自己出钱买烟，则戒烟条例具在，碍难实行。所以现在我家里，为款待来宾起见，谨备火柴，纸烟则由来宾自备了。我这一次戒烟，第一步总算成功了。但是吸烟的朋友们，鉴于我目前的成功和往昔的失败，都希望我快开烟禁！

狗　肉

我没吃过狗肉，也从来不想吃。

有人戏言，吃了狗肉之后，见了电线杆子就想跷起腿来。这当然不足信，不过狗有改不了的一种习惯，想起来令人恶心。经过训练的和经常喂得饱饱的那种狗，大概不至于有那种饥不择食的恶习，普通的狗就难说。记得抗战初年，我有一段时间赁居重庆上清寺一个土丘上的一间房屋，屋门外是一间堂屋，房东三餐都在堂屋举行，八仙桌子挤满了人，大大小小祖孙三代，桌下还有一条不大不小的癞皮狗，名叫"汪子"，大概是它爱汪汪叫的缘故。房东一家吃东西很洒脱，嚼不碎的骨头之类，全都随口喷吐，汪子忙得不可开交。几乎没有例外，小孩子一面吃一面就在洋灰地面上遗屎，汪子会把东一摊西一摊像"溜黄菜"似的东西舐得一干二净！主人无须打扫，狗已代劳。像这样的狗，其肉岂足食乎？人称狗肉为香肉，不知香从何来？

天下之口有同嗜，是真理的一面，另一面是口嗜不同各如其面。秋风起矣，及时进补。基于吃什么补什么的原理，吃猪脑、吃牛鞭、吃羊肝、吃鸳鸯肉……都各有所补。唯独吃狗肉不知是补的哪一门子。古书上不是没有说明，例如，元朝的一位太医忽思慧作《饮膳正要》就说："犬肉味咸温，无毒，安五脏，补绝伤，益阳道，补血脉，厚肠胃，实下焦，填精髓。"这许是对皇帝说的，谅他不敢乱扯。安五脏，心、肝、肺、脾、肾都管得着，又益阳又补血又滋肠胃，狗肉之益大矣哉！《本草纲目》也说，犬之用有三，其一为"食犬，体肥供馔"。狗是给人吃的，六畜里有它，五畜里也有它。而且自古以来，"月令言食犬，燕礼言烹狗"。狗肉上得台面。就是屠狗养母也不失为事亲之一道，《史记·刺客传》，客劝聂政"为狗屠，可以旦夕得甘毳以养亲"。孟子说："鸡豚狗彘之畜，无失其时，七十者可以食肉矣。"好像是老年人非肉不饱，才有资格吃狗肉。总之，狗肉和猪肉、羊肉一样，吃狗肉是我们的传统习惯。

不知什么时候起，吃狗肉之风渐不流行。《史记》记载樊哙"以屠狗为事"，言其为市井无赖之辈。《后汉书》卷二十八将传论谓屠狗者为"轻猾之徒"。屠狗不是体面的事，吃狗肉当然也就不是高雅的事。传说郑板桥嗜狗肉，飨以狗肉则求字求画皆不拒。这究竟是文人怪癖，可资谈助。"挂羊头卖狗肉"之语，正足说明狗肉之贱不能与羊肉比。

士各有志。爱吃狗肉者由他吃去，不干别人的事。西方人以为狗乃人类最好的朋友，一听说中国人吃狗肉，便立刻汗毛倒竖，斥中国人为野蛮。其实中国人祭宗庙，奉"羹献"的时候，西方人尚在茹毛饮血，羹献即是犬牲。我们并不是见了狗就嘴馋的民族。狗和人一样的可以分门别类，《本草纲目》于"食犬，体肥供馔"之外，还列有："畎犬，长喙善猎；吠犬，短喙善守。"行猎守门乃犬的能事，犬当然是人类的朋友，谁也不忍吃它。"狡兔死，走狗烹"是譬喻，猎人从来不会那样的短见，捉完兔子烹狗。不过"体肥供馔"的狗，就另当别论了。三十多年前，我道出广州，在菜市中看到一群群小黄狗用绳系在屠户摊位旁边，毛茸茸的，肥嘟嘟的，有人告我这是菜狗，犹如牛中所谓的菜牛，是专供食用的。可见吃狗肉的人至今不绝。

杀肥狗与宰肥猪、宰肥羊无异。我看不出其间有什么文明与野蛮之别。有人不吃猪肉，有人不吃羊肉，有人不吃狗肉，各随其便，犯不着横眉怒目。此间香肉摊贩甚多，肉的来历大概不明。常于昏夜被群狗叫嗥之声惊醒，想来是有人在街头行猎。如果是捕杀野犬，应该是有益社会之事，杀而食之也未尝不可。如果被捕之犬是系出名门，则犬主人该负一大部分责任，不该纵犬流连户外。管理狗的办法，西方较为合理，狗要纳税领照，狗要打预防针，狗外出要有皮带系颈，狗颈下要牌示号码。不过有一点西方人还是够野蛮的，人行道上狗屎星罗棋布，没有人管。

街头打狗之事，历来就有，不自今日始，若干年前，我路过浙江嘉善，宿一亲戚家。入门，见椅上、榻上到处都铺设毛皮垫子，黑的、白的、黄的都有，时值隆冬，有此设备亦不足异，夜深人静，主人持巨梃提灯笼，款步而出，小巷萧索，遥闻犬吠。不知主人何时归来，只听得厨房里刀俎之声盈耳。午餐时，一盘热腾腾的红烧香肉上桌了。主人经常的食其肉而寝其皮。我面对羹献不知所措。

据说金华火腿之所以含有异香，缘有狗腿一只腌于缸内。我的舅父在金华高院任职甚久，查证其事不虚，名之为戌腿，为非卖品。曾取得一只贝贻，家君以其难得，设觞大宴宾客。席间以清蒸戌腿一方上，而未言其所以。客人品尝之余，亦未言有异味，有人嫌其太瘦而已。事后家君宣告此名肴之所自来，客有欲呕而不得者。我当时躬逢盛饯，未敢下箸。

炸活鱼

报载一段新闻：新加坡禁止餐厅制卖一道中国佳肴"炸活鱼"。据云："这道用'北平秘方'烹调出来的佳肴，是一位前来访问的中国大陆厨师引进新加坡的。即把一条活鲤，去鳞后，把两鳃以下部分放到油锅中去炸。炸好的鱼在盘中上桌时，鱼还会喘气。"

我不知道北平有这样的秘方。在北平吃"炝活虾"的人也不多。杭州西湖楼外楼的一道名菜"炝活虾"，我是看见过的，我没敢下箸。从前北平没有多少像样的江浙餐馆，小小的五芳斋大鸿楼之类，偶尔有炝活虾应市，北方佬多半不敢领教。但是我见过正阳楼的伙计表演吃活蟹，活生生的一只大蟹从缸里取出，硬把蟹壳揭开，吮吸其中的蟹黄蟹白。蟹的八足两螯乱扎煞！举起一条欢蹦乱跳的黄河鲤，当着顾客面前往地上一摔，摔得至少半死，这是河南馆子的作风，在北平我没见过这种场面。至于炸活鱼，我听都没有听说过。鱼的下半截已经炸熟，鳃部犹在一鼓一鼓地喘气，如果有此可能，看了令人心悸。

我有一次看一家"东洋御料理"的厨师准备一盘龙虾。从水柜中捞起一只懒洋洋的龙虾，并不"生猛"，略加拂拭之后，咔嚓一下把虾头切下来了，然后剥身上的皮，把肉切成一片片，再把虾头虾尾拼放在盘子里，虾头上的须子仍在舞动。这是东洋御料理。他们"切腹"都干得出来，切一条活龙虾算得什么！

日本人爱吃生鱼，我觉得吃在嘴里，软趴趴的，黏糊糊的，烂糟糟的，不是滋味。我们有时也吃生鱼。西湖楼外楼就有"鱼生"一道菜，取活鱼，切薄片，平铺在盘子上，浇上少许酱油麻泊料酒，嗜之者觉得其味无穷。云南馆子的过桥米线，少不了一盘生鱼片。广东茶楼的鱼生粥，都是把生鱼片烫熟了吃。君子远庖厨，闻其声不忍食其肉！今所谓"炸活鱼"，乃于吃鱼肉之外还要欣赏其死亡喘息的痛苦表情，诚不知其是何居心。禁之固宜。不过要说这是北平秘方，如果属实，也是最近几十年的新发明。从前的北平人没有这样的残忍。

残酷，野蛮，不是新鲜事。人性的一部分本来是残酷野蛮的。我们好几千年的历史就记载着许多残暴不仁的事，诸如汉明的吕后把戚夫人"断手足，去眼，煇耳，饮喑药，使居厕中，命曰'人彘'"，更早的纣王时之"膏铜柱，下加之炭，令有罪者行焉，辄堕炭中，妲己笑，名曰炮烙之刑"。杀人不过头点地，不行，要让他慢慢死，要他供人一笑，这就是人的穷凶极恶的野蛮。人对人尚且如此，对水族的鱼虾还能手下留情？"北平秘方炸活鱼"这种事我宁信其有。生吃活猴脑，有例在前。

西方人的野蛮残酷一点也不后人。古罗马圆形戏场之纵狮食人，是万千观众的娱乐节目。天主教会之审判异端火烧活人，认为是顺从天意。西班牙人的斗牛，一把把的利剑刺上牛背直到它倒地而死为止，是举国若狂的盛大节目。兽食人，人屠兽，同样的血腥气十足，相形之下炸活鱼又不算怎样特别残酷了。

野蛮残酷的习性深植在人性里面，经过多年文化陶冶，有时尚不免暴露出来。荀子主性恶，有他一面的道理。他说："纵性情，安恣睢，而违礼义者为小人。"炸活鱼者，小人哉！

狗

北方的下流社会的人，常有一种高尚的习惯，喜欢提笼架鸟。上海的似乎是上流社会的人，也常常有一种似乎是高尚的习惯，喜欢养狗。我常看见穿洋装的中国人，手里牵着一条纯种的洋狗，或穿中国衣裳的中国人，牵着一条纯种的中国狗，招摇过市。狗的种类繁多，有的比人小一点，如巴儿狗，有的比人还强健一些，如纽芬兰的猎犬。养狗的人与狗，很有互相爱慕的表示，一个伸手抚弄，一个就会摇摇尾巴。于是我便渐渐地觉悟，"鸟兽不可与同群也"这一句话，不一定是圣人说的。

听说最喜欢养狗的人，是外国的妇女。我可不晓得是什么缘故。有人说外国人喂狗的东西是红烧牛肉，我倒不敢深信，不过有时比你我吃得好些，却也有的。我总以为养狗的根本理由，便是家里有富余的粮食。

爱养狗的人自管关起门来养狗，不关旁人的事，不过狗的主人总宜稍尽管教之责，不可放狗在弄堂里和来往行人赛跑。这倒是与狗主人的名誉略微有一些关系的事。

人间悲喜

生　日

生日年年有，而且人人有，所以不稀罕。

谁也不会知道自己的生日是在哪一天。呱呱坠地之时，谁有闲情逸致去看日历？当时大概只是觉得空气凉，肚子饿，谁还管什么生辰八字？自己的生年月日，都是后来听人说的。

其实生日，一生中只能有一次。因为生命只有一条之故。一条命只能生一回死一回。过三百六十五天只能算是活了一周岁。这年头，活一周岁当然不是容易事，尤其是已经活了好几十周岁之后，自己的把握越来越小，感觉到地心吸力越来越大，不知哪一天就要结束他在地面上的生活，所以要庆祝一下也是人之常情。古有上寿之礼，无庆生日之礼。因为生日本身无可庆。西人祝贺之词曰："愿君多过几个快乐的生日。"亦无非是祝寿之意，寿在哪一天祝都是一样。

我们生到世上，全非自愿。佛书以生为十二因缘之一，"从现世善恶之业，后世还于六道四生中受生，是名为生"。稀里糊涂的，神差鬼使的，我们被捉弄到这尘世中来。来的时候，不曾征求我们的同意，将来走的时候，亦不会征求我们的同意。我们是从哪里来的，我们不知道，我们最后到哪里去，我们也不知道。我们所知道的就是这生、老、病、死的一个片断。然而这世界上究竟有的是良辰美景赏心乐事，否则为什么有人老是活不够，甚至要高呼"人生七十才开始"？

到了生日值得欢乐的只有一种人，那就是"万乘之主"。不需要颐指气使，自然有人来山呼万岁，自然有百官上表，自然有人来说什么"一人有庆，兆民赖之"，全不问那个"庆"字是怎么讲法。唐太宗谓长孙无忌曰："今日是朕生日，世俗皆为欢乐，在朕翻为感伤。"做了皇帝还懂得感伤，实在是很难得，具见人性未泯，不愧为明主，虽然我们不太清楚他感伤的是哪一宗。是否踌躇满志之时，顿生今昔之感？历史上最后一个辉煌的千秋节该是晚清慈禧太后六十大庆在颐和园的那一番铺张，可怜"薄海欢腾"之中听到鼙鼓之声动地来了！

田舍翁过生日，唯一的节目是吃，真是实行"鸡猪鱼蒜，逢箸则吃，生老病死，时至则行"的主张，什么都是假的，唯独吃在肚里是便宜。读莲池大师《戒杀文》，开篇就说："一曰生日不宜杀生。哀哀父母，生我劬劳，己身始诞之辰，乃父母垂亡之日！是日也，正宜戒杀持斋，广行善事，庶使先亡考妣早获超升，现在椿萱增延福寿，何得顿忘母难，杀害生灵？"虽是荡然仁者之言，但是不合时尚。祝贺生日的人很少有吃下一块覆满蜡油的蛋糕而感到满意的，必须七荤八素地塞满肚皮然后才算礼成。这生日而想到父母，现代人很少有这样的联想力。

房东与房客

　　狗见了猫，猫见了耗子，全没有好气，总不免怒目相视，龇牙咧嘴，一场格斗了事。上天生物就是这样，生生相克，总得斗。房东与房客，或房客与房东，其间的关系也是同样的不祥。在房东眼里，房客很少有好东西；在房客眼里，房东根本就没有一个好东西。利害冲突，彼此很难维持人与人之间应有的常态。

　　房东的哲学往往是这样的："来看房的那个人，看样子就面生可疑。我的房子能随便租给人？租给他开白面房子怎么办？将来非找个铺保不可。你看他那个神儿！房子的间架矮哩，院子窄哩，地点偏哩，房租贵哩，褒贬得一文不值，好像是谁请他来住似的！你不合适不会不住？我说得清清楚楚，你没有家眷我可不租，他说他有。我问他是干什么的，他死不张嘴，再不就是吞吞吐吐，八成不是好人。可是后来我还是租给他了。他往里一搬，哎呀，怎那么多人口，也不知究竟是几家子？瘪嘴的老太太有好几位，孩子一大串，兔儿爷似的一个比一个高。住了没有几个月，房子糟蹋得不成样子，雪白的墙角上他堆煤，披麻绿油的影壁上画了粉笔的飞机与乌龟，砖缝的草更长了一人多高，沟眼也堵死了，水龙头也歪了，地板上的油漆也磨光了，天花板也熏黑了，玻璃窗也用高丽纸给补了，门环子也掉了……唉，简直是遭劫！房租到期还要拖欠，早一天取固然不成，过几天取也常要碰钉子，'过两天再来吧''下月一起付吧''太太不在家''先付半个月的吧''我们还没有发薪哪，发了薪给你送去'……好，房租取不到，还得白跑道，腿杆儿都跑细了。他不给租钱，还挺横，你去取租的时候，他就叫你蹲在门口儿，'嘭'的一声把大门关上了，好像是你欠他的钱！也有到时候把房租送上门来的，这主儿更难缠，说不定他早做了二房东，他怕我去调查。租人家的房子住人的，有几个是有良心的？……"

房客的哲学又是一套："这房东的房子多得很，'吃瓦片儿的'，任事不做，靠房钱吃饭。这房子一点儿也不合局，我要是有钱绝不租这样的房子。我是凑合着住。一进门就是三份儿，一房一茶一打扫，比阎王还凶。没法子，给你。还要打铺保？我人地生疏，哪里找保去？难道我还能把你的房子吃掉不成？你问我家里人口多不多？你管得着吗？难道房东还带查户口？'不准转租'，我自己还不够住的呢！可是我要把南房腾空转租，你也管不了，反正我不欠你的房租。'不准拖欠'，噫，我要是有钱我绝不拖欠。这个月我迟领了几天薪，房东就三天两头儿地找上门来，好像是有几年没付房钱似的，搅得我一家不安。谁没有个手头儿发窘？何苦！房钱错了一天也不行，急如星火，可是那天下雨房漏了，打了八次电话，他也不派人来修，把我的被褥都湿脏了，阴沟堵住了，院里积了一汪子水，也不来修。门环掉了，都是我自己找人修的。他还觍着脸催房钱！无耻！我住了这样久，没糟蹋你一间房子，墙、柱子都好好的，没摘过你一扇门一扇窗子，还要怎样？这样的房客你哪里找去？……"

房东房客如此之不相容，租赁的关系不是很容易决裂的吗？啊不。比离婚还难。房东虽然不好，房子还是要住的；房客虽然不好，房子不能不由他住。主客之间永远是紧张的，谁也不把谁当作君子看。

这还是承平时代的情形。在通货膨胀的时代，双方的无名火都提高了好几十丈，提起了对方的时候恐怕牙都要发痒。

房东的哲学要追加这样一部分："你这几个房钱够干什么的？你以后不必给房钱了，每个月给我几个烧饼好了。一开口就是'老房客'，老房客就该白住房？你也打听打听现在的市价，顶费要几条几条的，房租要一袋一袋的，我的房租不到市价的十分之一，人不可没有良心。你嫌贵，你别处租租试试看。你说年头不好，你没有钱，你可以住小房呀！谁叫你住这么大的一所？没有钱，就该找三间房忍着去，你还要场面？你要是一个钱都没有，就该白住房吗？我一家子指着房钱吃饭哪！你也不是我的儿子，我为什么让你白住？……"

房客方面也追加理由如下："我这么多年没欠过租，我们的友谊要紧。房钱不是没有涨过，我自动地还给你涨过一次呢，要说是市价一间一袋的话，那不合法，那是高抬物价，市侩作风，

134

说到哪里也是你没理。人不可不知足。你要涨到多少才叫够？我的薪水也并没有跟着物价涨。才几个月的工夫，又啰唆着要涨房租，亏你说得出口！你是房东，资产阶级，你不知没房住的苦，何必在穷人身上打算盘？不用废话了，等我的薪水下次调整，也给你加一点儿，多少总得加你一点儿，这个月还是这么多，你爱拿不拿！你不拿，我放在提存处去，不是我欠租……"

闹到这个地步，关系该断绝了吧？啊不。房客赌气搬家，不，这个气赌不得，赌财不赌气。房东撵房客搬家，更不行，撵人搬家是最伤天害理的事，谁也不同情，而且事实上也撵不动，房客像是生了根一般。打官司吗？房东心里明白：请律师递状，开庭，试行和解，开庭辩论，宣判，二审，三审，执行，这一套程序不要两年也得一年半，不合算。没法子，怄吧。房东和房客就这样地在怄着。

世界上就没有人懂得一点儿宾主之谊，客客气气，好来好散的吗？有。不过那是在"君子国"里。

住一楼一底房者的悲哀

小时候听人说，衣、食、住是人生三大要素。可是小的时候只觉得"吃"是要紧的，只消嘴里有东西嚼，便觉得天地之大，唯我独尊，逍遥自在，万事皆休。稍微长大一点，才觉得身上的衣服，观瞻所系，殊有讲究的必要，渐渐地觉悟一件竹布大褂似乎有些寒碜。后来长大成人，开门立户，进而生儿育女，子孙繁殖，于是"住"的一件事，也成了一件很大的问题。我现在要谈的，就是这成人所感觉的很迫切的"住"的问题。

我住过有前廊后厦、上支下摘的北方的四合房，我也住过江南的窄小湿霉、才可容膝的土房，我也住过繁华世界的不见天日的监牢一般的洋房，但是我们这个"上海特别市"的所谓"一楼一底"房者，我自从瞻仰，以至下榻，再而至于卜居很久了的今天，我实在不敢说对它有什么好感。

当然，上海这地方并不会请我来，是我自己愿意来的；上海的所谓"一楼一底"的房东也不会请我来住，是我自己愿意来住的。所以假若我对于"一楼一底"房有什么不十分恭维的话语，那只是我气闷不过时的一种呻吟，并不是对谁有什么抱怨。

初见面的朋友，常常问我"府上住在哪里？"我立刻会想到我这一楼一底的"府"，好生惭愧。熟识的朋友，若向我说起"府上"，我的下意识就要认为这是一种侮辱了。

一楼一底的房没有孤零零的一所矗立着的，差不多都像鸽子窝似的一大排，一所一所的构造的式样大小，完全一样，就好像从一个模型里铸出来的一般。我顶佩服的就是当初打图样的土著工程师，真能相度地势，节工省料，譬如一垛五分厚的山墙就好两家合用。王公馆的右面一垛山墙，同时就是李公馆的左面的山墙，并且王公馆若是爱好美术，在右面山墙上钉一个铁钉子，挂一张美女月份牌，那么李公馆在挂月份牌的时候，就不必再钉钉子了，因为这边钉一个钉子，那边就自然而然地会钻出一个钉子尖儿！

房子虽然以一楼一底为限，而两扇大门却是方方正正的，冠冕堂皇，望上去总不像是我所能租赁得起的房子的大门。门上两个铁环是少不得的，并且还是小不得的。因为门环若大，敲起来当然声音就大，敲门而欲其声大，这显然是表示门里面的人离门甚远，而其身份又甚高也。放老实些，门里面的人与门外的人离门的距离相差不多！这门环做得那样大，可有什么道理呢？原来这里面有一点讲究。建筑一楼一底房的人，把砖石灰土看作自己的骨头血肉一般的宝贵，所以两家天井中间的那垛墙只能砌半垛，所以空气和附属于空气的种种东西，可以不分畛域地从这一家飘到那一家。门环敲得听到啪啪地响的时候，声浪在周围一二十丈以内的范围，都可以很清晰地播送得到。一家敲门，至少有三家应声"啥人"？至少两家拔闩启锁，至少有五家有人从楼窗中探出头来。

"君子远庖厨"，住一楼一底的人，简直没有办法上跻于君子之伦。厨房里杀鸡，我无论躲在哪一个墙角，都可以听得见鸡叫（当然这是极不常有的事），厨房里烹鱼，我可以嗅到鱼腥，厨房里生火，我可以看见一朵一朵乌云似的柴烟在我眼前飞过。自家的庖厨既没法可以远，而隔着半垛墙的人家的庖厨，离我还是差不多的距离。人家今天炒什么菜，我先嗅着油味，人家今天淘米，我先听见水声。

厨房之上，楼房之后，有所谓亭子间者，住在里面，真可说是冬暖夏热，厨房烧柴的时候，一缕一缕的青烟从地板缝中冉冉上升。亭子间上面又有所谓晒台者，名义上是作为晾晒衣服之用，但是实际上是人们乘凉的地方，打牌的地方，还有另搭一间做堆杂物的地方。别看一楼一底，这其间还有不少的曲折。

天热了我不要要犯昼寝的毛病。楼上热烘烘的可以蒸包子，我只好在楼下下榻，假如我的四邻这时候都能够不打架似的说话或说话似的打架，那么我也能安然入睡。猛然间门环响起，来了一位客人，甚而至于来了一位女客，这时节我只得一骨碌爬起来，倒提着鞋，不逃到楼上，就避到厨房。这完全是地理上的关系，不得不尔。

客人有时候腹内积蓄的水分过多，附着我的耳朵叽叽咕咕说要如此如此，这一来我就窘了。朱漆金箍的器皿，搬来搬去，不成体统。我若在小小的天井中间随意用手一指，客人又觉得不惯，并且耳目众多，彼此都窘了。

还有一点苦衷，我忘不了。一楼一底的房，附带着有一个楼梯，这是上下交通唯一的孔道。然而这楼梯的构造，却也别致。上楼的时候，把脚往上提一尺，往前只能进展五寸。下楼的时候，把脚伸出五寸，就可以跌下一尺。吃饭以前，楼上的人要扶着楼杆下来；吃饭以后，楼下的人要捧着肚子上去。穿高跟皮鞋的太太小姐，上下楼只有脚尖能够踏在楼梯板上。

话又说回来了。一楼一底即或有天大的不好，你度德量力，一时还是不能乔迁。所以一楼一底的房多少是有一点慈善性质的。

洗　澡

十四日路透社电，纽约奇热，午后商店闭门，消防队用皮带喷水，俾居民稠密区之孩童浴于其中云云。皮带喷水，大概就是在马路上实行雨浴的意思了。因此我想起夏天洗澡的问题。

我们中国的公共洗澡的地方，似乎比哪一国都来得多。乡村的河渠，不消说是天然的浴池，城市里的浴室也不少。可见我们国人之注重卫生。可是中国人的澡不容易洗，进了澡堂之后，恐怕没有几小时出不来。因为所谓洗澡者，实是包括许多助兴的材料，例如品茗、吃点心、吃水果、捶背、修脚、挖耳、理发，源源而来的热手巾，擦背，高枕而卧。听说北京有所谓"四项加一捐"者，认定洗澡是消耗，是奢侈，所以要收加一捐。像这样的大规模的洗澡，实在也不能不限制一下了。

下等人洗澡当然没有这样复杂。"金鸡未叫汤先热"，"红日东升客满堂"，一池的热汤愈洗愈多，因为每一个洗澡的人要贡献几滴汗珠进去。可是无论上等人下等人，在浴室里都是赤条条来去无牵挂，百无禁忌！

　　我替中下等社会的妇女发愁，女浴室还不多，男浴室又不开女禁，只得在家里用个小木盆，把身体分作几段洗浴，简直是盖碗里洗澡——扑腾不开。

粽子节

今日何日？我家老妈子曰："今天是五月节，大门上应该插一些艾草菖蒲，点缀点缀。"我家老太太曰："今天是端午节，应该把《钟馗捉鬼图》，悬在壁上，孩子脸上抹些雄黄酒，辟邪辟邪。"我的小孩子独曰："今天不知是哪一天，就说应该吃粽子！"我参考众意，觉得今天叫作"粽子节"比较亲切些。

据说粽子本来是为屈原先生吃的。皆因这位三闾大夫当初在楚国做官，颇想做一些真正福国利民的事业，竟因不善投机，得罪了人，不能得志，急得形容枯槁，又黑又瘦。有一天到江边散步，一时想不开，抱起一块大石头来就跳下水了。如其只有屈原先生才配吃粽子，恐怕这些年来粽子的销路不会甚畅罢。

今天虽然是粽子节，但是我们也不能厚着脸皮吃两个粽子就算完事。《钟馗捉鬼图》还是不妨悬挂悬挂，尤其是在上海这个鬼多的地方。我们自己没有实力驱鬼，把一纸图画高高悬起，虽然鬼卒未必因此引退，我们总算尽了心，慰情聊胜于无了。

关于苹果

　　我一向不爱吃苹果，倒不是为了西方人传说夏娃吃了禁果而犯了世世代代的滔天大罪，亚当吞了苹果而卡在喉咙里变成喉结，因而产生反感。我对这秀色可餐的果实产生反感，是因为幼时在北平只有在过年的时候才有机会亲近它的颜色，年关将届预订的苹果便盛在糊纸的笼筐里挑到了家门，五只成一单位放在高脚锡盘上，佛龛前四盘，祖先牌位前四盘，白里透绿，绿里透红，看得孩子们馋涎欲滴，要等到正月十五撤供，才能每人分上一两只，那时节由于烟熏火燎，早已成为金玉其外败絮其中了！

　　这种苹果后来好像渐渐被淘汰了。苹果，像许多其他的水果一样，大概不是我们中国固有的。《本草纲目》："柰与林檎，一类二种，实似林檎而大，一名频婆。"频婆即苹果，是梵语。据西方词典所载苹果最早见于高加索一带，后来才繁衍至其他各处，传至中国好像是很晚近的事。柰字见《说文解字》，可是柰究竟是否今之苹果，不敢确定，因为这一科的植物品类甚多。看我们国画花卉蔬果一类，似无苹果，想来大概不是有悠久历史的东西。我后来旅居山东，知道烟台一带产量甚丰，但是色香味已非我幼时所见苹果那样，显然是新的外来的品种，有所谓香蕉苹果者，风味特佳。

韩国的苹果，大而无味。我在三十年前途经仁川，购得一篓，携归船上，码头上恶少成群，公然攫夺，到得船上只剩了半篓。这是韩国给我的小小印象之一。

苹果传到美国不到两百年。约翰·查普曼（1774—1845）绰号"苹果种子先生"，他推广苹果的种植近于热狂。现在华盛顿州雅奇玛一带是美国盛产苹果的地区之一，已有一百年历史。果熟时来不及摘取，常有大批的墨西哥人以较低工资前去应雇。顾客自行动手摘取，亦在欢迎之列。苹果种类多达三千，最著者则不外红黄两种，品质佳者甜脆多汁，入口稍加咀嚼即有浆汁汩汩下咽。遇到苹果园主人制作苹果汁，则常被邀饮，浓浓的，浑浑的，甜甜的，那风味不是瓶装罐头可以比的。苹果产量太多，所以商人就捏造了一句箴言"日食苹果一个，医生不须看我"，上口合辙，居然腾播于众人之口。其实这只是商业广告的噱头，毫无事实根据。一个中等大小的苹果，平均重量为一百五十克，其中所含之维生素 C 不过三公丝，中号一百八十克的橘柑所含之维生素 C 为六十六公丝，相差不可以道里计。苹果对人健康之主要贡献乃其纤维质，有清肠之功，然此种纤维质在杂粮蔬菜之中所在皆是。

低回于苹果树下，不禁忆起儿童读物中所描述的牛顿。牛顿二十四岁时在苹果树下，看见苹果落地（说得更戏剧化一些则是苹果正好打在他的头上），于是顿悟，悟出了万有引力的道理，其实这是误会。科学上的一项重要原理，焉能于无意中得之，天下哪有这样便宜的事？牛顿在看到苹果落地以前，早已在穷搜冥讨，考虑月亮、地球及其他星体运转的问题，他早已有所发现，看到苹果落地不过是给了他灵感，他从而获得新的印证而已。否则，落地者岂止苹果，看到苹果落地者又岂止牛顿一人？

那棵苹果树早已死了，好事者把那棵树的木头一块块地锯下来，高价出售，作为纪念品。

快　乐

天下最快乐的事大概莫过于做皇帝。"首出庶物，万国咸宁。"至不济可以生杀予夺，为所欲为。至于后宫粉黛三千，御膳八珍罗列，更是不在话下。清乾隆皇帝，"称八旬之觞，镌十全之宝"，三下江南，附庸风雅。那副志得意满的神情，真是不能不令人兴起"大丈夫当如是也"的感喟。

在穷措大眼里，九五之尊，乐不可支。但是试起古今中外的皇帝于地下，问他们一生中是否全是快乐，答案恐怕相当复杂。西班牙国王拉曼三世（Abder Rahman Ⅲ，960）说过这么一段话：

> 我于胜利与和平之中统治全国约五十年，为臣民所爱戴，为敌人所畏惧，为盟友所尊敬。财富与荣誉，权力与享受，呼之即来，人世间的福祉，从不缺乏。在这情形之中，我曾勤加计算，我一生中纯粹的真正幸福日子，总共仅有十四天。

御宇五十年，仅得十四天真正幸福日子。我相信他的话，宸谟睿略，日理万机，很可能不如闲云野鹤之怡然自得。由此我又想起从一本英语教科书上读到的一篇寓言。题目是"一个快乐人的衬衫"。某国王，端居大内，抑郁寡欢，虽极耳目声色之娱，而王终不乐。左右纷纷献计，有一位大臣言道：如果在匡内找到一位快乐的人，把他的衬衫脱下来，给国王穿上，国王就会快乐。王韪其言，于是使者四出寻找快乐的人，访遍了朝廷显要，朱门豪家，人人都有心事，家家都有一本难念的经，都不快乐。最后找到一位农夫，他耕罢在树下乘凉，裸着上身，大汗淋漓。使者问他："你快乐吗？"农夫说："我自食其力，无忧无虑！快乐极了！"使者大喜，便索取他的衬衣。农夫说："哎呀！我没有衬衣。"这位农夫颇似我们的禅门之"一丝不挂"。

常言道，"境由心生"，又说"心本无生因境有"。总之，快乐是一种心理状态。内心湛然，则无往而不乐。吃饭睡觉，稀松平常之事，但是其中大有道理。大珠《顿悟入道要门论》："源律师问：'和尚修道，还用功否？'师曰：'用功。'曰：'如何用功？'师曰：'饥来吃饭，困来即眠。'曰：'一切人总如是，同师用功否？'师曰：'不同。'曰：'何故不同？'师曰：'他吃饭时不肯吃饭，百种须索，睡时不肯睡，千般计较。所以不同也。'律师杜口。"可是修行到心无挂碍，却不是容易事。我认识一位唯心论的学者，平素昌言意志自由，忽然被人绑架，系于暗室十有余日，备受凌辱，释出后他对我说："意志自由固然不诬，但是如今我才知道身体自由更为重要。"常听人说烦恼即菩提，我们凡人遇到烦恼只是深感烦恼，不见菩提。快乐是在心里，不假外求，求即往往不得，转为烦恼。叔本华的哲学是：苦痛乃积极的实在的东西，幸福快乐乃消极的根本不存在的东西。所谓快乐幸福乃是解除苦痛之谓。没有苦痛便是幸福。再进一步看，没有苦痛在先，便没有幸福在后。梁任公先生曾说："人生最快乐的事，莫过于看着一件工作的完成。"在工作过程之中，有苦恼也有快乐，等到大功告成，那一份"如愿以偿"的快乐便是至高无上的幸福了。

有时候，只要把心胸敞开，快乐也会逼人而来。这个世界，这个人生，有其丑恶的一面，也有其光明的一面。良辰美景，赏心乐事，随处皆是。智者乐水，仁者乐山。雨有雨的趣，晴有晴的妙，小鸟跳跃啄食，猫狗饱食酣睡，哪一样不令人看了觉得快乐？就是在路上，在商店里，在机关里，偶尔遇到一张笑容可掬的脸，能不令人快乐半天？有一回我住进医院里，僵卧了十几天，病愈出院，刚迈出大门，陡见日丽中天，阳光普照，照得我睁不开眼，又见市廛熙攘，光怪陆离，我不由得从心里欢叫起来："好一个艳丽盛装的世界！"

"幸遇三杯酒美，况逢一朵花新。"我们应该快乐。

义　愤

有一天我从马路上经过，看见壁上有一幅硕大无朋的宣传画，上面写着"我们要驱逐倭寇收回失地"，画的是一个倭兵，矮矮的身量，两腿如弓，身上全副披挂，脸上满是横肉，眼里冒着凶焰，嘴里露着獠齿，做狞笑状。他脚底下是一堆一堆的骷髅，他身背后是一堆一堆的瓦砾。他代表的是凶残、破坏、横暴、黑暗。这幅画的确画得不坏，因为它能活画出倭兵的一副穷凶极恶的气概。

过几天，我又从这里经过，我又回过头望望这幅壁画，情形稍微有点儿两样了。这画里的倭兵身上沾满了橘子瓣，脸上身上都沾满了橘子瓣。这些橘子，一经沾上，是不容易落下来的。我略略查看，橘子瓣的块数，总不在百八十以下，而且大多数都很准确地命中了，想见投掷的技术是很不坏的。

投橘子瓣的是些什么人呢？当然是我们的爱国民众。他们为什么要这样做呢？当然是因为激于义愤。他们看见这幅画里的倭兵，就想起真的倭兵来了，于是义愤填膺，顿起杀贼之念，可巧四川的橘子既多且贱，可巧嘴里正嚼着一块橘子，于是忍无可忍，"呸"的一声将橘瓢吐在手里，"嗖"的一声掷将过去，"啪"的一声不偏不倚地命中了倭兵的身上。一个人这样做，许多人一起来仿行。顷刻而倭兵遍体疮痍，而所费者仅为本来要吐在地上的百八十块橘瓢而已。

平心而论，这些义愤之士都是可钦佩的。他们是有良心的，他们是爱国的。从前我游西湖，看见岳坟前有不少人围绕着秦桧的铁像小便，大家争先恐后地向他身上浇冲，有些挤不进的便在很远的地方吐送一口黏痰过去。这件事虽于公共卫生有碍，然而也是一种义愤的表示。这都证明人心未死。

不过，我常想，假如我们把这种义愤积蓄起来，假如我们不亟亟地把橘瓢作为宣泄义愤的工具，假如我们能用一个更有效的方法使敌人感受一些真实的打击，那岂不是更好吗？

听说普法战后，法国的油画院中陈列着普兵屠害法人的画片，令法人有所警惕。这并非是"长他人的威风，灭自己的志气"，这是要锻炼磨砺人民的复仇心。听说那些画片上并没有橘子瓢或黏痰之类。

我们要驱逐倭寇，收回失地。那幅壁画是提醒我们这种意志的。戏台上的曹操，我们杀他做啥子？

怒

　　一个人在发怒的时候，最难看。纵然他平素面似莲花，一旦怒而变青变白，甚至面色如土，再加上满脸的筋肉扭曲、眦裂发指，那副面目实在不仅是可憎而已。俗语说，"怒从心上起，恶向胆边生"，怒是心理的也是生理的一种变化。人逢不如意事，很少不勃然变色的。年少气盛，一言不合，怒气相加，但是许多年事已长的人，往往一样的发火暴躁。我有一位姻长，已到杖朝之年，并且半身瘫痪，每晨必阅报纸，戴上老花镜，打开报纸，不久就要把桌子拍得山响，吹胡瞪眼，破口大骂。报上的记载，也看不顺眼。不看不行，看了怄气。这时候大家躲他远远的，谁也不愿逢彼之怒。过一阵雨过天晴，他的怒气消了。

　　《诗》云："君子如怒，乱庶遄沮，君子如祉，乱庶遄已。"这是说有地位的人，赫然震怒，就可以收招乱反正之效。一般人还是以少发脾气少惹麻烦为上。盛怒之下，体内血球不知道要伤损多少，血压不知道要升高几许，总之是不卫生。而且血气沸腾

151

之际，理智不大清醒，言行容易逾分，于人于己都不相宜。希腊哲学家爱比克泰德说："计算一下你有多少天不曾生气。在从前，我每天生气，有时每隔一天生气一次，后来每隔三四天生气一次，如果你一连三十天没有生气，就应该向上帝献祭表示感谢。"减少生气的次数便是修养的结果。修养的方法，说起来好难。另一位同属于斯多葛派的哲学家罗马的马克·奥勒留这样说："你因为一个人的无耻而愤怒的时候，要这样问你自己：'那个无耻的人能不在这世界存在吗？'那是不能的。不可能的事不必要求。"坏人不是不需要制裁，只是我们不必愤怒。如果非愤怒不可，也要控制那愤怒，使发而中节。佛家把"嗔"列为三毒之一，"嗔心甚于猛火"，克服嗔恚是修持的基本功夫之一。《燕丹子》说："夏扶，血勇之人，怒而面赤；宋意，脉勇之人，怒而面青；武阳，骨勇之人，怒而面白；光所知荆轲，神勇之人，怒而色不变。"我想那神勇是从苦行修炼中得来的。生而喜怒不形于色，那天赋实在太厚了。

清朝初叶有一位李绂，著《穆堂类稿》，内有一篇《无怒轩记》，他说："吾年逾四十，无涵养性情之学，无变化气质之功，因怒得过，旋悔旋犯，惧终于忿戾而已，因以'无怒'名轩。"是一篇好文章，而其戒谨恐惧之情溢于言表，不失读书人的本色。

守　时

　　《史记》五十五《留侯世家》，记载圯上老人授书张良的故事，甚为生动："‘后五日平明，与我会此。’良因怪之，跪曰：‘诺。’五日平明，良往，父已先在，怒曰：‘与老人期，后，何也？’去，曰：‘后五日早会。’五日鸡鸣，良往，父又先在，复怒曰：‘后，何也？’去，曰：‘后五日复早来。’五日，良夜未半往。有顷，父亦来，喜曰：‘当如是。’"

　　老人与良约会三次。第一次平明为期，平明就是天刚亮，语义相当含糊，天亮到什么程度才算是平明，本难确定。"东方未明"是一阶段，"东方未晞"，又是一阶段，等到东方天际泛鱼肚色则又是一阶段。良平明往，未到日出之后，就不算是迟到。老人发什么脾气？说什么"与老人期"之倚老卖老的话？第二次约，时间更不明确，只说早一点去。良鸡鸣往，"鸡既鸣矣"，就是天明以前的一刹那，事实上已经提早到达，还嫌太晚。第三次良夜未半往，夜未半即是午夜以前，这一次才满老人意。既然如此，为什么不早明说，虽然这是老人有意测验年轻人的耐性，但也不必这样蛮不讲理地折磨人。有人问我，假如遇见这样的一个老人做何感想，我说我愿效禅师的说法："大喝一声，一棒打杀！"

黄石公的故事是神话。不过守时却是古往今来文明社会共有的一个重要的道德信念。远古的时候问题简单，日出而作，日落而息，根本没有精确的时间观念，而且人与人要约的事恐怕也不太多。《易·系辞》所谓"日中为市，致天下之民，聚天下之货，交易而退，各得其所"，不失为大家在时间上共立的一个标准，晚近的庙会市集，也还各有其约定俗成的时期规格。自从有了漏刻，分昼夜为百刻，一天之内才算有正确时间可资遵循。周有挈壶氏，自唐至清有挈壶正，是专管时间的官员。沙漏较晚，制在元朝。到了近年，也还有放午炮之说。现代的准确计时之器，如钟表之类，则是明朝的舶来品，"明万历二十八年，大西洋人利玛窦来献自鸣钟"（《续通考·乐考》），嗣后自鸣钟在国内就大行其道。我小时候在三贝子花园畅观楼内，尚及见清朝洋人所贡各式各样的自鸣钟，金光灿烂，洋洋大观。在民间几乎家家案上正中央都有一架自鸣钟，用一把钥匙上弦，昼夜按时刻叮叮当当地响。外国人家墙上常见的鹁鸪钟，一只小鸟从一个小门跳出来报时，在国内尚比较少见。好像我们老一辈的中国人特别喜爱钟表，除了背心上特缝好几个小衣袋专放怀表之外，比较富裕人家墙上还常有一个硬木螺钿玻璃门的表柜，里面挂着二三十只形形色色的表，金的、银的、景泰蓝的、闷壳的，甚至背面壳里藏有活动秘戏图的，非如此不足以餍其收藏癖。至于如今的手表（实际是腕表）则高官大贾以至贩夫走卒无不备有一只了。

普遍地有了计时的工具，若是大家不知守时，又有何用？普通的衙门机关之类都定有办公时间，假如说是八点开始，到时候去看看，就会知道那是怎么一回事。大抵较低级的人员比较最守时，虽然其中难免有几位忙着在办事桌上吃豆浆油条。首长及高级人员大概就姗姗来迟了，他们还有一套理由，只有到了十点左右办稿拟稿逐层旅行的公文才能到达他们手里，早去了没有用。至于下班的时间，则大家多半知道守时，眼巴巴地望着时钟，谁也不甘落后。

和民众接触最频繁的莫过于银行邮局，可是在门前逡巡好久，进门烧头炷香的顾客不见得立刻就能受理，往往还要伫候一阵子，因为柜台后面的先生小姐可能很忙，忙着打开保险柜，忙着搬运文件，忙着清理卡片，忙着数钞票，忙着调整戳印，甚至于忙着泡茶，都需要时间。顾客们要少安毋躁。

朋友宴客，有一两位照例迟到，一碟瓜子大家都快嗑完了，主人急得团团转，而那一两位客偏不来。按说"后至者诛"才是正理，但是后至者往往正是主客或是贵宾，所以必须虚上席以待。旧日戏园演戏，只有两盏汽油灯为照明之具，等到名角出台亮相，则几十盏电灯一齐照耀，声势非凡。有迟到之癖的客人大概是以名角自居，迟到之后不觉得歉然，反倒有得色。而迟到的人可能还要早退，表示另有一处要应酬，也许只是虚晃一招，实际是回家吃碗蛋炒饭。

要守时，但不一定要分秒不差，那就是苛求了。但也不能距

155

约定时间太远，甲欲访乙，先打电话过去商洽，这是很有礼貌的行为，甲问什么时候驾临，乙说马上就去。问题就出在这"马上"二字，甲忘了叮问是什么马，是"竹披双耳峻，风入四蹄轻"的胡马，还是"皮干剥落，毛暗萧条"的瘦马，是练习纵跃用的木马，还是渡过了康王的泥马。和人要约，害得对方久等，揆诸时间即生命之说，岂是轻轻一声抱歉所能赎其罪愆？

守时不是容易事，要精神总动员。要不要先整其衣冠，要不要携带什么，要不要预计途中有多少红灯，都要通过大脑盘算一下。迟到固然不好，早到亦非万全之策，早到给自己找烦恼，有时候也给别人以不必要的窘。黄石公那段故事是例外，不足为训。记得莎士比亚有一句戏词："赴情人约，永远是早到。"情人一心一意地在对方身上，不肯有分秒的延误，同时又怕对方忍受枯守之苦，所以"月上柳梢头，人约黄昏后"，老早地就去等着，"拂墙花影动，疑是玉人来"了。

我们能不能推爱及于一切邀约，大家都守时？

礼　貌

　　前些年有一位朋友在宴会后引我到他家中小坐。推广而入，看见他的一位少爷正躺在沙发椅上看杂志。他的姿势不大寻常，头朝下，两腿高举在沙发靠背上面，倒竖蜻蜓。他不怕这种姿势可能使他吃饱了饭呕出来，这是他的自由。我的朋友喊了他一声："约翰！"他好像没听见，也许是太专心于看杂志了。我的朋友又说："约翰！起来喊梁伯伯！"他听见了，但是没有什么反应，继续看他的杂志，只是翻了一下白眼，我的朋友有一点窘，就好像耍猴子的敲一声锣教猴子翻筋斗而猴子不肯动，当下喃喃地自言自语："这孩子，没礼貌！"我心里想：他没有跳起来一拳把我打出门外，已经是相当的有礼貌了。

　　礼貌之为物，随时随地而异。我小时在北平，常在街上看见戴眼镜的人（那时候的眼镜都是两个大大的滴溜圆的镜片，配上银质的框子和腿）。他一遇到迎面而来的熟人，老远的就刷的一下把眼镜取下，握在手里，然后向前紧走两步，两人同时口中念念有词互相蹲一条腿请安。我至今不明白为什么二人相见要先摘下眼镜。戴着眼镜有什么失敬之处？如今戴眼镜的人太多了，有些人从小就成了四眼田鸡，摘不胜摘，也就没人见人摘眼镜了。可见礼貌随时而异。

人在屋里不可以峨大冠，中外皆然，但是在西方则女人有特权，屋里可以不摘帽子。尤其是从前的西方妇女，她们的帽子特大，常常像是头上顶着一个大鸟窝，或是一个大铁锅，或是一个大花篮，奇形怪状，不可方物。这种帽子也许戴上摘下都很费事，而且摘下来也难觅放置之处，所以妇女可以在室内不摘帽子。多半个世纪之前，有一次在美国，我偕友进入电影院，落座之后，发现我们前排座位上有两位戴大花冠的妇人，正好遮住我们的视线。我想从两顶帽子之间的空隙窥看银幕亦不可得，因为那两顶大帽子不时地左右移动。我忍耐不住，用我们的国语低声对我的友伴说："这两个老太婆太可恶了，大帽子使得我无法看电影。"话犹未了，一位老太婆转过头来，用相当纯正的中国话对我说："你们二位是刚从中国来的吗？"言罢把帽除去，我窘不可言。她戴帽子不失礼，我用中国话背后斥责她，倒是我没有礼貌了。可见礼貌也是随地而异。

西方人的家是他的堡垒，不容闲杂人等随便闯入，朋友访问时，照例事前通知。我们在这一方面的礼貌好像要差一些。我们的中上阶级人家，深宅大院，邻近的人不会随便造访。中下的小户人家，两家可以共用一垛墙，跨出门不需要几步就到了邻舍，就容易有所谓串门子闲聊天的习惯。任何人吃饱饭没事做，都可以踱到别人家里闲磕牙，也不管别人是否有工夫陪你瞎嚼咀。有时候去的真不是时候，令人窘，例如在人家睡的时候，或吃饭的时候，或工作的时候，实在诸多不便，然而一般人认为这不算是失礼。一聊没个完，主人打哈欠，看手表，客人无动于衷，宾至如归。这种串门子的陋习，如今少了，但未绝迹。

探病是礼貌，也是艺术。空手去也可以，带点东西来也无妨。要看彼此的关系和身份加以斟酌。有的人病房里花篮堆积如山，像是店铺开张，也有病人收到的食物冰箱里都装不下。探病不一定要面带戚容，因为探病不同于吊丧，但是也不宜高谈阔论有说有笑，因为病房里究竟还是有一个病人。别停留过久，因为有病的人受不了，没病的人也受不了。除非特别亲近的人，我想寄一张探病的专用卡片不失为彼此两便之策。

吊丧是最不愉快的事，能免则免。与死者确有深交，则不免拊棺一恸。人琴俱亡，不执孝子手而退，抚尸陨涕，滚地作驴鸣而为宾客笑都不算失礼。吊死者曰吊，吊生者曰唁。对生者如何致唁语，实在难于措辞。我曾见一位孝子陪灵，并不匍匐地上，而是跷起二郎腿坐在椅子上，嘴里叼着纸烟，悠然自得。这是他的自由，然而不能使吊者大悦。西俗，吊客照例绕棺瞻仰遗容。我不知道遗容有什么好瞻仰的，倒是我们的习惯把死者的照片放大，高悬灵桌之上，供人吊祭，比较合理。或多或少患有"恐尸症"的人，看了面如黄蜡白蜡的一张面孔，会心里难过好几天．何苦来哉？在殡仪馆的院子里，通常麇集着很多的吊客，不像是吊客，像是一群人在赶集，热闹得很。

关于婚礼，我已谈过不止一次，不再赘。

饮宴之礼，无论中西都有一套繁文缛节。我们现行的礼节之最令人厌烦的莫过于敬酒。主人敬酒是题中应有之义，三巡也就够了。客人回敬主人，也不可少。唯独客人与客人之间经常不断地举杯，此起彼落，也不管彼此是否相识，也一一地皮笑肉不笑地互相敬酒。有些人根本不喝酒，举起茶杯、汽水杯充数。有时候正在低头吃东西，对面有人向你敬酒，你若没有觉察，对方难堪，你若随时敷衍，不胜其扰。这种敬酒的习惯，不中不西，没有意义，应该简化。还有一项陋习就是劝酒，说好说歹，硬要对方干杯，创出"先干为敬"的谬说，要挟威吓，最后是捏着鼻子灌酒，甚至演出全武行，礼貌云乎哉？

让

　　初到西方旅游的人，在市区中比较交通不繁的十字路口，看到并无红绿灯指挥车辆，路边常竖起一个牌示，大书Yield一个字，其义为"让"，觉得奇怪。等到他看见往来车辆的驾驶人，一见这个牌示，好像是面对纶缚一般，真格的把车停了下来，左顾右盼，直到可以通行无阻的时候才把车直驶过去。有时候路上根本并无车辆横过，但是驾驶人仍然照常停车。有时候有行人穿越，不分老少妇孺，他也一律停车，乖乖地先让行人通过。有时候路口不是十字，而是五六条路的交叉路口，则高悬一盏闪光警灯，各路车辆到此一律停车，先到的先走，后到的后走。这种情形相当普遍，他更觉得奇怪了，难道真是礼失而求诸野？

　　据说："让"本是我们"固有道德"的一个项目，谁都知道孔融让梨、王泰推枣的故事。《左传》老早就有这样的嘉言："让，德之主也。"（《昭·十》）"让，礼之主也。"（《襄·十三》）《魏书》卷二十记载着东夷弁辰国的风俗："其俗，行者相逢，皆住让路。"当初避秦流亡海外的人还懂得"行者相逢皆住让路"的道理,所以史官秉笔特别标出,表示礼让乃泱泱大国的流风遗韵,远至海外,犹堪称述。我们抛掷一根肉骨头于群犬之间,我们可以料想到将要发生什么情况。人为万物之灵,当不至于狼奔豕突地攘臂争先地夺取一根骨头。但是人之异于禽兽者几希,从日常生活中,我们可以窥察到懂得克己复礼的道理的人毕竟不太多。

在上下班交通繁忙的时刻,不妨到十字路口伫立片刻,你会看到形形色色的车辆,有若风驰电掣,目不暇接。从前形容交通频繁为车水马龙,如今马不易见,车亦不似流水,直似迅濑哮吼,惊波飞薄。尤其是一溜臭烟噼噼啪啪呼啸而过的成群机车,左旋右转,见缝就钻,比电视广告上的什么狼什么豹的还要声势浩大。如果车辆遇上红灯摆长队,就有性急的骑机车的拼命三郎鱼贯蹿上红砖道,舍正路而弗由,抄捷径以赶路,红砖道上的行人吓得心惊胆战。十字路口附近不是没有交通警察,他偶尔也在红砖道上蹀躞,机车骑士也偶尔被拦截,但是刚刚拦住一个,十个八个又嗖地飞驰过去了。不要以为那些骑士都是汲汲地要赶赴死亡约会,他们只是想省时间,所以不肯排队,红砖道空着可惜,所以权为假道之计。骑车的人也许是贪睡懒觉,争着要去打卡,也许有什么性命交关的事耽误不得,行人只好让路。行人最懂得让,让车横冲直撞,不敢怒更不敢言,车不让人人让车,我们的路上行人维持了我们传统的礼让。什么时候才能人不让车车让人,只好留待高谈中西文化的先生们去研究了。

大厦七层以上,即有电梯。按常理,电梯停住应该让要出来的人先出来，然后要进去的人再进去，和公共汽车的上下一样。但是我经常看见一些野性未驯的孩子，长头发的恶少，以及绅士型的男士和时装少妇，一见电梯门启，便疯狂地往里挤，把里面要出来的人憋得唧唧叫。公共场所如电影院的电梯门前总是拥挤着一大群万物之灵，谁也不肯遵守先来后到的顺序而退让一步。

有人说，我们地窄人稠，所以处处显得乱哄哄。例如任何一个邮政支局，柜台里面是桌子挤桌子，柜台外面是人挤人，尤其是邮储部门人潮汹涌，没有地方从容排队，只好由存款簿图章在柜台上排队。可见大家还是知道礼让的。只是人口密度太高，无法保持秩序。其实不然，无论地方多么小，总可以安排下一个单行纵队，队可以无限伸长，伸到街上去，可以转弯，可以队首不见队尾，循序向前挪移，岂不甚好？何必存款簿图章排队而大家又在柜台前挤作一团？说穿了还是争先恐后，不肯让。

小的地方肯让，大的地方才会与人无争。争先是本能，一切动物皆不能免；让是美德，是文明进化培养出来的习惯。孔子曰："当仁不让于师。"只有当仁的时候才可以不让，此外则一定当以谦让为宜。

骂人的艺术

古今中外没有一个不骂人的人。骂人就是有道德观念的意思，因为在骂人的时候，至少在骂人者自己总觉得那人有该骂的地方。何者该骂，何者不该骂，这个抉择的标准，是极道德的。所以根本不骂人，大可不必。骂人是一种发泄感情的方法，尤其是那一种怨怒的感情。想骂人的时候而不骂，时常在身体上弄出毛病，所以想骂人时，骂骂何妨。

但是，骂人是一种高深的学问，不是人人都可以随便试的。有因为骂人挨嘴巴的，有因为骂人吃官司的，有因为骂人反被人骂的，这都是不会骂人的缘故。今以研究所得，公诸同好，或可为骂人时之一助乎？

一、知己知彼

　　骂人是和动手打架一样的，你如其敢打人一拳，你先要自己忖度下，你吃得起别人的一拳否。这叫作知己知彼。骂人也是一样。譬如你骂他是"屈死"，你先要反省，自己和"屈死"有无分别。你骂别人荒唐，你自己想想曾否吃喝嫖赌。否则别人回敬你一两句，你就受不了。所以别人有着某种短处，而足下也正有同病，那么你在骂他的时候只得割爱。

二、无骂不如己者

　　要骂人须要挑比你大一点的人物，比你漂亮一点的或者比你坏得万倍而比你得势的人物。总之，你要骂人，那人无论在好的一方面或坏的一方面都要能胜过你，你才不吃亏。你骂大人物，就怕他不理你，他一回骂，你就算骂着了。在坏的一方面胜过你的，你骂他就如教训一般，他即便回骂，一般人仍不会理会他的。假如你骂一个无关痛痒的人，你越骂，他越得意，时常可以把一个无名小卒骂出名了，你看冤与不冤？

三、适可而止

骂大人物骂到他回骂的时候，便不可再骂；再骂则一般人对你必无同情，以为你是无理取闹。骂小人物骂到他不能回骂的时候，便不可再骂；再骂下去则一般人对你也必无同情，以为你是欺负弱者。

四、旁敲侧击

他偷东西，你骂他是贼；他抢东西，你骂他是盗，这是笨伯。骂人必须先明虚实掩映之法，须要烘托旁衬，旁敲侧击，于要紧处只一语便得，所谓杀人于咽喉处着刀。越要骂他，你越要原谅他，即便说些恭维话亦不为过，这样的骂法才能显得你所骂的句句真实确凿，让旁人看起来也可见得你的度量。

五、态度镇定

骂人最忌浮躁。一语不合，面红筋跳，暴躁如雷，此灌夫骂座，泼妇骂街之术，不足以骂人。善骂者必须态度镇静，行若无事。普通一般骂人，谁的声音高便算谁占理，谁来得势猛便算谁骂赢，唯真善骂人者，乃能避其锋而击其懈。你等他骂得疲倦的时候，你只消轻轻地回敬他一句，让他再狂吼一阵。在他暴躁不堪的时候，你不妨对他冷笑几声，包管你不费力气，把他气得死去活来，骂得他针针见血。

六、出言典雅

骂人要骂得微妙含蓄，你骂他一句要使他不甚觉得是骂，等到想过一遍才慢慢觉悟这句话不是好话，让他笑着的面孔由白而红，由红而紫，由紫而灰，这才是骂人的上乘。欲达到此种目的，深刻之用词故不可少，而典雅之言辞尤为重要。言辞典雅则可使听者不致刺耳。如要骂人骂得典雅，则首先要在骂时万万别提起女人身上的某一部分，万万不要涉及生理学范围。骂人一骂到生理学范围以内，底下再有什么话都不好说了。譬如你骂某甲，千万别提起他的令堂令妹。因为那样一来，便无是非可言，并且你自己也不免有令堂令妹，他若回敬起来，岂非势均力改，半斤八两？再者骂人的时候，最好不要加入种种难堪的名词，称呼起来总要客气，即使他是极卑鄙的小人，你也不妨称他先生，越客气，越骂得有力量。骂的时节最好引用他自己的词句，这不旦可以使他难堪，还可以减轻他对你骂的力量。俗话少用，因为谷话一览无余，不若典雅古文曲折含蓄。

七、以退为进

两人对骂，而自己亦有理屈之处，则处于开骂伊始，特宜注意，最好是毅然将自己理屈之处完全承认下来，即使道歉认错均不妨事。先把自己理屈之处轻轻遮掩过去，然后你再重整旗鼓，咄咄逼人，方可无后顾之忧。即使自己没有理屈的地方，也绝不可自行夸张，务必要谦逊不遑，把自己的位置降到一个不可再降的位置，然后骂起人来，自有一种公正光明的态度。否则你骂他一两句，他便以你个人的事反唇相讥，一场对骂，会变成两人私下口角，是非曲直，无从判断。所以骂人者自己要低声下气，此所谓以退为进。

八、预设埋伏

你把这句话骂过去，你便要想想看，他将用什么话骂回来。有眼光的骂人者，便处处留神，或是先将他要骂你的话替他说出来，或是预先安设埋伏，令他骂回来的话失去效力。他骂你的话，你替他说出来，这便等于缴了他的械一般。预设埋伏，便是在他要攻击你的地方，你先轻轻地安下话根，然后他骂过来就等于枪弹打在沙包上，不能中伤。

九、小题大做

如对方有该骂之处，而题目过小，不值一骂，或你所知不多，不足一骂，那时节你便可用小题大做的方法，来扩大题目。先用诚恳而怀疑的态度引申对方的意思，由不紧要之点引到大题目上去，处处用严谨的逻辑逼他说出不逻辑的话来，或是逼他说出合于逻辑但不合乎理的话来，然后你再大举骂他，骂到体无完肤为止，而原来惹动你的小题目，轻轻一提便了。

十、远交近攻

一个时候，只能骂一个人，或一种人，或一派人，绝不宜多树敌。所以骂人的时候，万勿连累旁人，即使必须牵涉多人，你也要表示好意，否则回骂之声纷至沓来，使你无从应付。

骂人的艺术，一时所能想起来的有上面十条，信手拈来，并无条理。我做此文的用意，是助人骂人。同时也是想把骂人的技术揭破一点，供爱骂人者参考。挨骂的人看看，骂人的心理原来是这样的，也算是揭破一张黑幕给你瞧瞧！

雅人雅事

顶高顶白的一垛山墙，太没有意思，太不雅观，我们最好在上面题一首诗。在山清水秀的风景所在，题诗在壁上尤其是一件不可少的举动。然而这一件雅事只能在我们雅人最多的中国举行。谓余不信，请你环游全球的风景所在，然后再回到我们中国来，较比较比看，什么地方壁上题的诗多。

我说壁上题诗，是雅人雅事。第一，题诗非要诗人不可，这一来我们中国人就占便宜，随便张三李四都可以作两首诗。用心一点的，作出诗来有时平仄还可以调。上海街旁告地状的朋友，哪一位不是诗中圣手？他们能够把衷肠积愫千言万语，都编成七个字一句、七个字一句的，不多不少，整整齐齐，这就不容易。他们既能告地状，便可以告墙状。我们中国诗人之多，似乎也就不难于想象了。

第二，题诗要求其历久不灭。于是在工具上不能不讲求，我们中国的笔墨是再好不过。外国人里也有一两个平仄尚调的诗人，但是一管自来水笔何能在墙上题诗，诗兴来时只得嘴里哼哼两声了事，所以题壁的雅事不能不让我们中国人独步了。还有，题诗要题在高不可攀、深不可探的地方，才能历久不灭。寺殿上的匾额，我们若能爬上去题上一首五言绝句，别人一定不易揩拭磨灭，说不定这首诗就流传了。山谷间的摩崖，谁也不去损伤它，也是最妙的地方。所以题诗要题得满坑满谷，愈奇特的地方愈妙。然而这攀高寻幽的举动，又非雅人不办。

壁上题诗的雅人，最要紧的是胆大。诗的好坏没有大关系，只要能把墙壁上空白的地方补满，便算功德。据说有一位刻薄的人，游某名胜，看看墙上题诗甚多，皆不称意，于是也援笔立题一绝曰："放屁在高墙，如何墙不倒？细看那边时，原来抵住了！"这位先生一定是缺乏鉴赏文学的力量，才作此怪论。题诗雅人，大可不必理他。

天性不近乎诗的人，想来也不少，但是中国的墙壁的空白还有不少，为雅观起见，非要涂满不可的。很多读书识字的人早就有鉴于此，所以往往不题诗而题尊姓大名，并记来游之年月日。我们游赏名胜的时候，借此可以知道时贤足迹所至，或者也可以增加这名胜地方的历史价值，也未可知。所以壁上题名，间接着也是保存名胜的一点意思。

雅人雅事，不止一端，壁上题诗名，还是一件小事。

花钱与受气

一个人就不应该有钱，有了钱就不应该花；如其你既有钱，而又要花，那么你就要受气。这是天演公理，不足为奇。

从前我没出息的时候，喜欢自己上街买东西。这已经很是不知自量了，还要拣门面大一点的店铺去买东西。铺户的门面一大，窗户上的玻璃也大，铺子里面服务的先生们的脾气，也跟着就大。我走进这种店铺里面，看看什么都是大的，心里便觉战栗，好像自己显得十分渺小了。处在这种环境压迫之下，往往忘了自己是买什么东西来的。后来脸皮居然练厚了一点，到大商店里去我居然还能站得稳，虽然心里面有时还不能不跳。但是叫我向柜台里的先生张口买东西，仍然诚惶诚恐。第一，我总觉得我要买的东西太少，恐怕不足以上渎清听，本想买二两瓜子，时常就临机应变，看看柜台里先生的脸色不对，马上就改作半斤，紧张的局势赖此可以稍微缓和一点。东西的好坏，是否合意，我从来不挑剔，因为我是来求人赏点东西，怎敢挑三换四的招人讨嫌！假如店里的先生忙，我等一些是不妨事的，今天买不到，明天再来，横竖店铺一时关闭不了。假如为忙着买东西把店伙累坏了呢，人家也是爹娘养的，怎肯与我甘休？所以我到大商店去买东西，因为我措辞失体礼貌欠周以致使商店伙计生点气，那是有的，大的乱子可没有闹过。

后来我的脑筋成熟了一些，思想也聪明了一些，有时候便到小铺子去买东西，然而也不容易。小店铺的伙计倒是肯谦恭下士，我们站在他们面前，有时也敢于抬起头来。可是他们喜欢跟你从容论价。"脸皮欠厚"的人时常就在他们的一阵笑声里吓得跑了。我要买一张桌子，并且在说话的声音里表示出诚恳的意思，他说要五十块钱，我不敢回半句话。不成，非还价不能走出来。我仗着胆子说给十块。好，你听罢，他嘴里念念有词，他鼻里哼亨有声，你再瞧他那副尊容，满脸会罩着一层黑雾，这全是我那十块钱招出来的。假如我的气血足，一时能敌得住，只消迈出大门一步，他会把你请回去，说："卖给你喽！"于是乎，你的钱也花了，气也受了，而桌子也买了。

此外如车站邮局银行等公众的地方，也正是我们年轻人练习涵养的地方。你看那铁栏杆里的那一张脸，你要是抱着小孩子，最好离远一些，留神吓坏了孩子。我每次走到铁槛窗口，虽然总是送钱去，总觉得我好像是向他们要借债似的。每一次做完交易，铁槛里面的脸是灰的，铁槛外面的脸是红的！铁槛外面的唾沫往里面溅，铁槛里面的冷气往外面喷！

受气不必花钱，花钱则一定要受气。

时间观念

凡是大国的国民，做起事来，总要带些雍容闲适的态度，尤其是我们中国人，据说已经有了好几千年的历史，所以对于时间观念，不必一定要怎样十分的准确。

张先生今天晚上六点请你吃饭，他的意思是说，你八点再去，并不算迟。头脑稍微简单一些的，或许误会，误会张先生所谓六点即是六点。你也许自己估量着寿命有限，把时间看得认真一点，但是你不可不替别人打算，张先生也许还有两圈麻雀[1]没有打完，李大人也许是正在衙门抽烟，王小姐也许还没倒干那瓶香水。你稀里糊涂地准时报到，那叫作热心过度。

自己把时间观念看得认真，这是傻瓜；希望别人心里也存有时间观念，那是双料傻瓜。所以向店铺购东西，你总不可希望限期交货，至少要预料出几桩意外的事，例如店铺老板忽然气绝，

---

[1] 此处指麻将。——编者注

174

或是店伙突然中风，诸如此类的意外，都足以使他拖期。而这种意外的事，你一定要放在意中。

　　无论什么事，都要慢慢地做。与人要约，延误一小时两小时，一天两天，都是小意思。我们五千年来的历史就是这样过来的！

看 相

听说一个人的尊容，和他的一生休戚有很密切的关系。例如耳目口鼻，方向若是稍微挪动一点，就许在一生的过去或未来，发生很大的变动。所以你别瞧那一班满肚子海参鱼翅，坐着汽车兜圈子的人，他们必是有点来历，说不定是因为哪一根骨头长得得法。穷困潦倒的人，少去看相，你若是遇到什么张铁嘴李铁腮的，他三言两语地把你的尊容褒贬一顿，你就许对不住你生身的父母。

然而看相的人，名叫铁嘴的还是不够多。你明明是一个不能寿终正寝的地痞流氓，他会恭维你，说你将走红运，在武汉可以发一注横财。你明明是一个乳臭未干的小孩子，他会奉承你，说你是群众革命的领袖，可以东做委员，西做委员。你明明是一位小姐，他会说你是明星。你明明是一位诚实人，他会说你必定是在上海生长大的。你纵然不相信你的尊容会这样的好法，但是你听在耳里舒服。人人喜欢耳里舒服，于是乎看相的人便遍地皆是。

现在研究相术的人比从前进步，只消看看他们的广告，也讲究挂起"留学"的招牌。更有所谓洋相士，什么手相家浍伦巴勃，一齐到上海来了，其实这也难怪。我觉得我们中国人的尊容，近年来变得很厉害，恐怕几年后，一定要至少留学过的相术家，才能看懂我们中国人的脸。

蚊子与苍蝇

我家里人口众多。除了我和我的太太，还有一个娘姨以外，有几千百只的苍蝇，有几千百只的蚊子。苍蝇、蚊子和我们很亲近，苍蝇和我们亲近的时候在早晨，蚊子和我们亲近的时候在夜里。所以我们可以很从容地和它们周旋。一缕阳光从窗子射到我的太太的脸上，随后就有一只苍蝇不远千里而来，绕床三匝，不晓得在何处栖止才好。我蜷卧床头，静以待变。只见这只苍蝇飞去飞来，嗡嗡有声，不偏不倚地正落在我的太太的鼻尖上。太太的上嘴唇翕动了一下，我揣测她的意思，大概是表示她的鼻尖是有感觉的。那只苍蝇也有本领，真禁得起震动，抖抖翅膀，仍然高踞在鼻尖上。假使苍蝇能老老实实在鼻尖上占一席地，我的太太素来是很有度量的，未曾不可以和它相安无事。无奈那只苍蝇，动手动脚地东搔西挠。太太着实不耐烦，只能伸出手来，加以驱除。太太的鼻尖，像有吸力一般，苍蝇飞起来绕了几个圈子，仍然归到原处。如是者数次。假使苍蝇肯换一个地方，太太或者也可以相当地容忍。

她忍不住了，把头钻到被里去。苍蝇甚觉没趣，搭讪着又来和我亲近。

物以类聚，一点也不错。苍蝇的合群心恐怕要在我们中国人以上。记得小时候唱过一首《苍蝇歌》，内中的警句是："一个苍蝇嘤嘤嘤，两个苍蝇嗡嗡嗡，一群苍蝇轰轰轰！"苍蝇的音乐，的确是由清悠以渐至于雄壮。当其嘤嘤的时候，我便从梦中醒来，侧耳而听，等到嗡嗡的时候，我便翻过身去，想在较远的地方去听，到了轰轰的时候，我便兴奋得由床上跳起来了。音乐感人之深，不亦伟哉！

过了一天非人的生活了，到了夜晚想做一件人做的事，睡觉。但是，不忙睡，宝贝的蚊子来了。蚊子由来访以至于兴辞，双方的工作不外下列几种：（一）蚊子奏细乐，（二）我挥手致敬，（三）乐止，（四）休息片刻，（五）是我不当心，皮肤碰了蚊子的嘴，奇痛，（六）蚊子奏乐，（七）我挥手送客，（八）我痒，（九）我抓，（十）我还痒，（十一）我还抓，（十二）出血，（十三）我睡着了。睡着以后，双方仍然工作，但稍简单一些，前四段工作一概豁免。清晨醒来，察视一夜工作的痕迹，常常发现腿部作玉蜀黍状，一粒一粒地凸起来。有时候面部略微改变一点形状，例如嘴唇加厚，鼻梁增高。有时工作过度，面部一块白一块红的，做豆沙粽子状。据脑筋灵敏的人说，若做一床帐子，则蚊子与苍蝇自然可以不作入幕之宾，有用的精神也可以不用再与蚊蝇亲近了。但我已和太太商量就绪，在下月发薪以前，无论如何，我们仍然要保持大国民的态度，对蚊蝇决不排斥。

旅　行

　　旅行是一件乐事，因为除了花钱、受气、吃苦以外，附带着可以开拓胸襟，扩张眼界。但是在我们中国旅行，恐怕除了花钱、受气、吃苦以外，所剩下来的乐趣也就没有多少了。

　　越是在交通便利的地方，旅行越是不便利。譬如说，乘坐火车。第一，买票的时候，气力稍微虚弱一点的人，就许有性命之虞。第二，即使你的气力强，骨骼壮，你能平安地买到车票，有时候你求脚行的朋友替你搬运行李，临完了你就许没有法子报酬。第三，邻座的先生若把浓馥的关东烟喷到你的脸上来，你只得拌着空气一齐吸进肺里面去。第四……以至于第四十。再譬如，乘坐轮船，第一，开船的时间总不能说是不准，即使稍有耽搁，迟早也总在一百二十八小时以内，绝无甚大的延误。第二，船上自有高谈阔论的朋友，通宵达旦地使你不愁寂寞。第三，在上下船的时候，你总要有牺牲性命的决心。第四……以至于第四十。

　　"人离乡贱"，一点也不错。到一个生的地方，人家看着你

180

的尊容，就不大顺眼。再听听你的腔调，就许惹人生气。所以旅行的时候，总要受人另眼看待，越在大的城市，越是这样。

假如我有一天不辞劳苦，忽然立志要旅行，我宁可雇一辆人推的小车子，一步一步地推到乡下去。乡下人或者都还知道他们自己是人，同时也许把我当作他们的同类看待。

感情的动物

　　也不知是谁，说过一句什么"人是感情的动物"。说人是动物，我倒不恼，因为人的确是近乎动物的一类，无论他的血是凉的还是热的，在动物的范围以内人总有他应得的位置。不过把人当作"感情的动物"，便时常足以发生一种影响，其结果足以使人露出人的本来面目来。

　　人的本来面目，不大好看。假如今有四五个人于此，把衣服剥去，把体面礼法惯例通通破除，然后再有人把一块带肉的骨头抛到他们中间，你看罢，是一出全武行！再譬如，一个人浑身都是感情，你不触动他倒也罢了，你万一误碰了一根毫发，他能疯了似的回过头来给你一口。"人是感情的动物"，这句话，没有说错。

　　可是我们总不能不希望人能从"感情的动物"进化到"理性的动物"，由感情用事进化到诉诸理性。有人告诉我说："你不觉得吗？我们是正在进化着呢。"

缠　足

报载："江苏省党部特别委员会，昨通令各县市特派员，协同各县县知事，严禁妇女缠足。"这实在是一件极大的德政。我们拼命地宣传缠足有害，哪怕说破了几张嘴皮，也收不了多大的效果，因为缠足的那帮人，多半是乡下人，轻易听不到我们的宣传，听到了也不容易听懂。现在明令严禁，倒可事半功倍。不可理喻，只得威临了。

本来是，好好的一只脚，缠它做什么？不管你多大的身躯，一身的重量至少也有百十来斤，都靠那两只脚来支持，已是辛苦了，再把脚缠得像一个粽子似的，未免欺脚太甚！

未缠足的，当然是不该再缠。已缠足的，也可以酌量地解放。解放后的脚，也许僵挺硬凸，不大雅观，然而究竟走起来方便些是真的。

现今时髦女子，虽然不缠足了，但是同样的不肯让脚自然发展。好好的两只又肥又软的脚，偏偏要穿上一双瘦小的镂花漆皮鞋，高底细尖，脚面上的肉一块一块地从镂花中间凸出来，好像是一个玉蜀黍。何苦来哉！

半开门

　　"打折扣"是商人的习惯。哪怕他们宝号的墙上悬起"言无二价"的金字黑漆的匾额，你只消三言两语，翻翻白眼，管保在价钱上有个商量的余地。可见习惯之于人，甚矣哉，除了吃饭之外，处处都喜欢打个折扣。

　　天有不测风云，商店也有不测的罢市。这时节，老板真需要我们的同情与安慰。果然，所有的商店都关门大吉了，黄金万两川流不息地想往商店里流，但是流不进去。这景象可有多惨！然而关门也未曾不可打个五折，两扇大门，关上一扇，如何？平常大门洞开，招财进宝，如今罢市，半开门足矣。

　　中庸之道，大概就是"打折扣"的哲学吧？半开门的罢市，也总算是圣人之教了。不知道在吃饭的时候，有没有这允执厥中的精神？

让　座

男女向来是不平等的，电车里只有男子让女子座，而没有女子让男子座的事。但是这一句话，语病也就不小。听说在日本，有时候女子就让座给男子，在我们这个上海，有很多的时候男子并不让座给女子，这不但是听说，我并且曾经目睹了。

据说让座一举，创自西欧，我曾潜心考察，恐系不诬。因为电车上让座的先生们，从举止言谈方面观察，似乎都是出洋游历过的，至少也是有一点"未出先洋"的光景。所以电车上让座，乃欧风东渐以后的一点现象。又据说，让座之风在西欧现已不甚时髦，而在我们上海反倒时兴，盖亦"礼失而求诸野"乎？

一个年逾半百而其外表又介乎老妈子与太太之间的女人，和一个豆蔻年华而其装束又介乎电影明星与大家闺秀的女人，这在男子的眼里，是有分别的。对于前者，大半是不让座，即使是让，也只限于让座，在心灵上不起变化。

我们若把让座完全当作是礼貌，这便无谓，若把让座当作心灵上的慰藉，这便无聊。最好是看看有无让座的必要。譬如说，一位女郎上车了，她的小腿的粗细和你的肚子的粗细差不很多，你让座做甚？叫她站一会儿好了。又一位女郎上车了，足部占面积甚小，腰部占空间甚多，左手拉着孩子，右手提着一瓶酱油，你还不赶快让座？

让座的惨剧

　　电车里让座，是我到上海来后五个月才发现的一件新闻。至于我自己实行这种美德，那就更是晚近的事了。我愿赌咒说一句良心话：我真不愿意让座，至少我的两条腿真不愿意让座。然而一个人不止有两条腿，所以我终于染了这一件不是从心眼里愿意做的美德。我这个人，又爱多事，没事的时候，喜欢看看报，于是乎知道现今有所谓男女平等运动者。这一来，不打紧，我在让座的时候，心里便有些不安起来。我唯恐不小心，触犯了女性的尊严，同时又叫我的腿白白受了委屈。话虽如此，一个二十多岁的人，骨头是长成了，有什么毛病也很难改，所以让座的这个习惯，我实行了一年多，几乎每天都不能免。日积月累，经验渐渐地宏富了。让座本来是个悲剧，在我这方面是悲剧，也许在对方是个喜剧，然而也有时竟演出惨剧来。容我慢慢道来。

一

一位中年妇人，看上去很像一位规规矩矩的妇人。她走上车来，从许多块人肉中间挤来挤去，最后挂在我面前的那个藤钩上了。我当时就想此时不让，更待何时？于是乎，我便极力模仿漂亮的上海人的态度，抽身起来。哪里知道，我的身体离于座位不过才五六寸的样子，就觉得有两半个热烘烘的臀部从四十五度的斜角的方向斜射过来。定睛看时，原来是一位堂堂的大丈夫稳稳当当地坐在那里了。他的胆量真不小，抬起头来看看我。

二

乡下人脸上带幌子，一望而知。有一天，我在电车里，看见一位妇人，脸上的乡下气一点也不曾洗掉，就和前两年的我差不多。后面还跟着一位男人，穿着白夏布大衫，满头大汗；那大衫的袖口大概只有三四寸宽吧。这一对男女没有坐的地方，同时他们的模样也实在不像有令人让座的资格，所以在电车里竟东歪西倒地乱滚起来。其实他们离我还远，不干我的事，不过我本乡下人，不免有同类相怜之意，于是立起身来，喊那个妇人来坐。那妇人和那男子走了过来，看看只空出一个人的座位，那位穿白夏布大衫的人竟不假思索坐下去，那妇人也笑嘻嘻地认为是一个很满意

189

的解决方式。然而我心中悲惨！

三

有一位头发斑白的老太太，又同着一位半老的太太，两位一面上车，一面叽里呱啦地有说有笑，她们的四只眼睛像老鼠般地左右视察，不消说是寻座位了。我想她虽然是一个老太太，终究是个妇女，似乎也应该在必让之列。于是我又慷而且慨地立起身来。哪里晓得，我尚未完全立起，那老太太早一眼瞥见，做饿虎扑食状，直扑过来，并且伸出胳臂把我一拨，我险些儿跌到别人的身上去。我当时心想，这位老太太平常不定是吃什么千龄剂万龄剂的，否则哪里来的偌大气力？然守定之后，再仔细观察，那两位太太都挤在我让出的一个座上了。

像这样的惨剧不知有多少！若全写出来又未免太惨了。然而座还是不能不让的。除非有一天，男女真平等了，谁也不让谁座，或谁都让谁座，到那时候，惨剧就少了。

190

在电车里

我现在在电车上。

我觉得电车不大稳当，于是未能免俗，把手伸起来拉住那个藤环，极力想把身体在电车的地板上作一个垂直线。我的身后有一位先生，占空间极多，而身体极矮，挂在藤环上，委实有一种为难的状态。我低头偷看，他的脚尖都立起来了。于是电车一摇，他的身体便像一个大冬瓜似的滚到我的身上。受此压迫，我的身体便由一个垂直线斜到四十五度的样子。我为适应潮流，央不抵抗，你来压迫我，我便去压迫他。不过这位先生的喘息声，非常之大，令人未免有一点不很舒服的感觉。

电车东摇西摇，像摇元宵似的。左旁座上有一位先生站起来了，他的意思大概想下车去。但是据我的观察，电车离站至少尚有四百四十码[1]的样子。这位热心的先生，很看得起我，他把

---

[1] 一码约等于零点九一米。

他的一只尊足踏在我的贱足上了。我深深对不起他，恐怕我的鞋子太硬了一点，他踏上去恐怕不十分舒服。我怎么晓得呢？因为他踏上之后，还瞪了我一眼似的，对于我的鞋子之硬深致不满。有两位女郎上车了。一位穿西装的戴大眼镜少年老远地立了起来让座。我那时真怪那女郎走得太慢，因为我身后的胖先生已经一眼瞥见这个空位，有不客气据为己有的趋势。这时候，真是千钧一发。女郎慢了一步，西装少年让出的座位，给胖先生占了。女郎笑了一下。西装少年的眼睛瞪得比他的眼镜还大出一轮。胖先生东望望西望望，有一点胜利的神情。西装少年眼里有两道火光，直射到胖先生身上，但是他有福气，他不觉得。

我付了电车票钱，卖票员不给我车票。他说声："谢谢侬。"有人曾经告诉我，这是他揩油。又有人告诉我，他揩的是外国人的油，所以就是爱国。故此我当于那个卖票员油然起了一种敬意。

我真舍不得下车，车里的生活太有趣，但是我已到了目的地。我下车的时候，迎头撞进好几位先生，但是我极力夺门，终于能够平安地下了车，衣服、帽子、头颅完全无恙，亦云幸矣。

小人开心

"由海州战败之联军……溺毙者约千人……在一死兵身上搜出包袱一个，被某甲攫去，回家启视，盖系中国银行钞票，计二百八十余元，惊喜之余，旋得疯疾。"这是昨日本报《板浦通信》的一段。

从前迷信的人，相信命运，以为有多大的命才能享多大的福。假如你命里注定可以发三块钱的财，忽然得到三块五角，你就许身上觉着烧得难受。上面所述的某甲，因为二百八十元喜欢疯了，也是命该如此，无足怪了。语云："小人开心，必有大祸"，有一点信然。

现在的人，差不多都是少有大志，然而命小福薄，就是一旦得志，福气压不住，难免神魂颠倒，还不如那安分守己的人比较少受人一点笑骂。所以乐天由命的人，看见别人得意，看见别人发财，无动于衷，只得心中默默地想："只愿我自己少作点孽，将来我的子孙或者也可以照样得意，照样发财！"

绰　号

　　读过《水浒传》的人，大概没有人不佩服施耐庵的发明绰号的天才。只消三四个字的绰号套在一个人身上，那个人的尊容脾气就会鲜龙活跳地出现在我们眼前。虽说是绿林中人的习惯，却是有趣得很。只是如今的人，不及从前绿林的风雅，上流高雅之士都不屑发明绰号，唯有所谓学校者，对于绰号的发明，似乎还肯相当地努力。

　　记得小时候，在学校读书，同学的里面颇有能文之士，常常镂心刻骨地制造绰号。有一位头扁而面麻的先生，立刻就有人给他上了一个"芝麻烧饼"的绰号，他在体育馆翻杠子的时候，群呼："芝麻掉了！芝麻掉了！"此外，可哭可笑的绰号不知道有多少。到如今，有许多人的名字，我都不记得，但是提起绰号来，总还依稀有点影子。

　　愈古怪的人愈容易有绰号，因为平平常常的人，一人来高，没有什么好玩的地方。唯有稀奇古怪的人才好玩。如今好玩的人渐渐地多起来，然而受得住绰号的人不多，所以绰号之风渐渐式微，惜哉！

留学生市价低落

无论什么东西，在社会上有供有求，这供求缓急之间，就决定了高低升降的市价。近来年年有大批的留学生上市，轮船码头，火车机房，堆积如山，走动起来，可以用鞭子赶，而买主大半因为旧货聚积已多，所以承销都不甚踊跃，留学生的市价，于是乎低了。

譬如说：要作一个美国留学生，制造的时间定为三年，这三年要用本钱若干呢？每月用费美金八十，学费算作一年二百，来回路费五百——一共合华币约八千块大洋。在市价没落的时候，留学生每月就算赚二百块钱，一年两千四，三年半后，如其不曾打破饭碗，就可以归还本钱了。你看这利钱小不小?

如今则不然，制造留学生的本钱，一天一天地增加。回国后没有人请教。雇黄包车由大马路到静安寺，我只出十个铜板，你说太少点吧，但是黄包车若有好几百辆闲着没生意，你要不拉，他就许拉，倒比饿着强点，留学生也是这样。四十块钱的小书记，留学生也得干。不干？饿着——这样一来，市价如何不低？

　　现在出洋留学的还不见少，我看这亏本的勾当，还是少做为宜呢。

有趣生活

广　告

从前旧式商家讲究货真价实，一旦做出了名，口碑载道，自然生意鼎盛，无须大吹大擂，广事招徕。北平同仁堂乐家老铺，小小的几间门面，比街道的地面还低矮两尺，小小的一块匾，没有高擎的"丸散膏丹道地药材"的大招牌，可是每天一开门就是顾客盈门，里三层外三层，真是挤得水泄不通（那时候还没有所谓排队之说）。没人能冒用同仁堂的名义，同仁堂只此一家，别无分店，要抓药就要到大栅栏去挤。

这种情形不独同仁堂一家为然。买服装衣料就到瑞蚨祥，买茶叶就到东鸿记西鸿记，准没有错。买酱羊肉到月盛斋，去晚了买不着。买酱菜到六必居，也许是严嵩的那块匾引人。吃螃蟹、涮羊肉就到正阳楼，吃烤牛肉就要照顾安儿胡同老五，喝酸梅汤要去信远斋。他们都不在报纸上登广告，不派人撒传单。大家心里都有数。做买卖的规规矩矩做买卖，他们不想发大财，照顾主儿也老老实实地做照顾主儿，他们不想试新奇。

但是时代变了，谁也没有办法教它不变。先是在前门大街信昌洋行楼上竖起"仁丹"大广告牌，好像那翘胡子的人头还不够惹人厌，再加上夸大其词的"起死回生"的标语。犹嫌招摇不够尽兴，再补上一个由一群叫花子组成的乐队，吹吹打打，穿行市街。仁丹是还不错，可是日本人那一套宣传伎俩，我觉得太讨厌了。

由西直门通往万寿山那一条大道，中间黄土铺路，经常有清道夫一勺一勺地泼水，两边是大石板路，供大排子车使用，边上种植高大的柳树，古道垂杨，夹道飘拂，颇为壮观可喜。不知从哪一天起，路边转弯处立起了一两丈高的大木牌，强盗牌的香烟，大联珠牌的香烟，如雨后春笋出现了。我每星期周末在这大道上来往一回，只觉得那广告生了破坏景观之效，附带着还惹人厌。我不吸烟，到了吸烟的年龄我也自知选择，谁也不会被一个广告牌子所左右。

坐火车到上海，沿途看见"百龄机"的广告牌子，除了三个大字之外还有一行小字"有意想不到之效力"。到底那百龄机是什么东西，有什么意想不到的效力，谁也说不清，就这样稀里糊涂地产生了广告效果，不少人盲从附和。《小说月报》《东方杂志》也出现了"红色补丸"的广告，画的是一个佝偻着腰的老人，手扶着胯，旁边注着"图中寓意"四个字。寓什么意？补丸而可以用颜色为名，我只知道明末三大案，皇帝吃了红丸而暴崩。

这些都还是广告术的初期亮相。而后广告方式，日新月异，无孔不入，大有泛滥成灾之势。广告成了工商业的出品成本之重要项目。

报纸刊登广告，是天经地义。人民大众利用刊登广告的办法，可以警告逃妻，可以凤求凰或凰求凤，可以叫卖价格低廉而美轮美奂的琼楼玉宇，可以报失，可以道歉，可以鸣谢救火，可以感谢良医，可以宣扬仙药，可以贺人结婚，可以贺人家的儿子得博士学位，可以一大排一大排讣告某某董事长的死讯，可以公开诉愿喊冤，可以公开歌功颂德，可以宣告为某某举办冥寿，可以公告拒绝往来户，可以揭露各种考试的金榜，可以……不胜枚举。我的感想是：广告太多了，时常把新闻挤得局处一隅。有些广告其实是浪费，除了给报馆增加收益之外，不免令读者报以冷眼，甚或嗤之以鼻。同时广告所占篇幅有时也太大了，其实整版整页的大广告吓不倒人。外国的报纸，不限张数，广告更多，平常每日出好几十页，星期日甚至好几百页，报童暗暗叫苦，收垃圾的人也吃不消。我国的报纸好像情形好些，广告再多也是在那三大页之内，然而已经令人感到泛滥成灾了。

　　杂志非广告不能维持，其中广告客户不少是人情应酬，并非心甘情愿送上门来，可是也有声望素著的大刊物，一向以不登载广告为傲，也禁不住经济考虑而大开广告之门。我们不反对刊物登载广告，只是登载广告的方式值得研究。有些杂志的广告部分特别选用重磅的厚纸，彩色精印，有喧宾夺主之势，更有鱼目混珠之嫌。有人对我说，这样的刊物到他手里，对不起，他时常先把广告部分尽可能地撕除净尽，然后再捧而读之。我说他做得过分，辜负了广告客户的好意，他说为了自卫，情非得已。他又说，利用邮递投送广告函的，他也是一律原封投入字纸篓里，他没有工夫看。

我不懂为什么大街小巷有那么多的搬家小广告到处乱贴，墙上、楼梯边、电梯内，满坑满谷。没有地址，只有电话号码。粘贴得还十分结实，洗刷也不容易。更有高手大概会飞檐走壁，能在大厦二三丈高处的壁上张贴。听说取缔过一阵，但是野火烧不尽，春风吹又生了。

有吉房招租的人，其心情之急是可以理解的。在报纸上登个分类小广告也就可以了，何必写红纸条子到处乱贴。我最近看到这样的大张红纸条子贴在路旁邮箱上。显然有人去撕，但是撕不掉，经过多日雨淋才脱落一部分，现在还剩有斑驳的纸痕留在邮箱上！

电视上的广告更不必说，天下没有白吃的午餐，没有广告哪里能有节目可看？可是那些广告逼人而来，真煞风景。我不想买大厦房子，我也没有香港脚，我更不打算进补，可是那些广告偏来呶呶不休，有时还重复一遍。有人看电视，一见广告上映，登时闭上眼睛养神，我没有这样的本领，我一闭眼就真个睡着了。我应变的办法是只看没有广告的一段短短的节目，广告一来我就关掉它。这样做，我想对自己没有多大损失。

早起打开报纸，触目烦心的是广告，广告；出去散步映入眼帘的又是广告，广告；午后绿衣人来投送的也多是广告，广告；晚上打开电视仍然少不了广告，广告。每日生活被广告折磨得够苦，要想六根清净，看来颇不容易。

推销术

　　一位朋友在美国旅行，坐在火车上昏昏欲睡，蓦然觉得肘边一触，发现在椅子上扶手的地方有一张小纸，纸上有十几颗油炸花生，鲜红的，油汪汪的，撒着盐粒的，油炸花生。这是哪里来的呢？他回头一看，有一位身材高大的人端着一盘油炸花生刚刚走过去，他手里拿着一把银匙，他给每人面前放下一张纸，然后挖一勺花生。我的朋友是刚刚入境，尚未入俗，觉得好生奇怪，不知这个人是做什么的。是卖花生的吗？我既没有要买，他也并未要钱。只见他把花生定量配发以后，就匆匆地到另外一个车厢里去了。花生是富于诱惑性的，人在无聊的时候谁忍得住不捏一颗花生往嘴里送？既送进一颗之后，把馋虫逗起来了，谁忍得住不再拿第二颗？什么东西都好抵抗，唯独诱惑最难抵抗。车上的客人都在蠕动着嘴巴嚼花生了。我的朋友也随着大家吃起来了。十几颗花生是禁不住几嚼的。霎时间，花生吃完了。可是肚子里不答应，嘴里也闹得慌，比当初不吃还难受。正在这难熬的当儿，

205

那个大高个儿又来了，这一回他是提着一个大篮子，里面是一袋一袋的炸花生，两角钱一袋。旅客几乎没有不买一袋的。吃过十几颗而不再买的也有，那大个子也只对他微微一笑，走过去了，原来起先配发的十几颗是样品，不取值。好精明的推销术！

我的朋友说，还有比这更霸道的。在家里住得好好的，忽然邮差送来一个小小的包裹，打开一看是肥皂公司寄来的两块肥皂，附着一封信，挺客气，恭维你一大顿，说只有你才配用这样超等的肥皂，这种肥皂如果和脸一接触，那感觉就比和任何别种东西接触都来得更为浑身通泰，临完是祝你一家子康健。我的朋友愣住了，问太太，问小姐，谁也没有要买他的肥皂。已经寄来了，就捆着吧。过了很久，也没有下文，不知是在哪一天也就拉扯着用了。也说不上好坏，反正可以起白沫子下油泥就是了。可是两块肥皂刚用完，信来了，问你要订购多少块，每块五角。我的朋友置之不理。过些天第三封信来了，这一回措辞还很客气，可是骨子里有点硬了，他问你为什么缘故不订购他的肥皂，是为了价钱贵吗，是为了香气不够吗，是为了硬度不合吗，是为了颜色不美吗……列举了一串理由，要你在那小方格里打个记号，活像是民意测验。我的朋友火了，把测验纸放进应该放进的地方去，骂了一句美国式的国骂。又过了不久，第四封信来了，措辞还是很谦逊，说是偿付那两块肥皂的价钱，便彼此两清了。人的耐性是有限度的，谁的耐性小谁算是输了。我的朋友赌气寄一元钱去，其怪遂绝。

据说某一医生也同样地收到这样的两块肥皂，也接到了四封啰唆的信，他的应付方法是寄一小包药片给他，也恭维他一大顿，说只有阁下您才配吃这样的妙药，也问他要订购多少瓶。也问他为什么不满意，最后也是索价一元，但是毋庸寄钱了，彼此抵消，两清。

这样的情形，在我们国内不易发生。谁舍得把一勺勺花生或一块块肥皂白白地当样品送出去？既送出之后，谁能再收回成本？我们是最现实的，得到一点点便宜之后，绝不会再吐出来的。

可是我们也有我们传统的推销术。我们自古以来就讲究"良贾深藏若虚"。这是以退为进，以柔克刚的老法宝。我有一票货，无须大吹大擂，不必雇一队洋吹鼓手游街，亦无须都倒翻出来摆在玻璃窗里开展览会，更不花冤钱登广告，我干脆不推销，死等着顾客自己上门。买卖做得硬气，门口标明"只此一家，别无分店"，连分店都不肯设。多么倔！但是货出了名，自然有人上门，有人几百里跑来买东西。不推销反成为最好的推销术。

这样不推销的推销术，在北平最合适。北平有些店铺，主顾上门，不但不急着兜揽生意，而且于客气之中还寓有生疏之意。例如书店，进得店门，四壁图书虽然塞得满满的，但尽是些普通书籍，你若问他有什么好书，他说没有什么，你说随便看看，他说请看请看。结果是你什么好书也看不见。但是你若去这几次，做成几回生意，情形就不同了，他会请你到里柜坐，再这些时请到后柜坐，登堂入室之后，箱子里的好书善本陆陆续续地都拿出来了。宋版的、元椠的，琳琅满目，还小声地嘱咐你，不要对外人说。于生意之外，还套着交情。

水果店也有类似的情形。你别看外面红红绿绿地摆着一大堆，有好的也有坏的，顶好的货色却在后面筐里藏着呢！你若不开口要看后面藏着的货色，他绝不给你看。后面筐里，盖着一张张绵纸，揭开一看，全是没有渣儿的上等货。

这种"深藏若虚"的推销术有它存在的理由。货物并非大量生产，所以无须急于到处推销。如果宋版书一印刷就是几万份，也得放在地摊上一折八扣。如果莱阳梨肥城桃大批运到北平，也不能一声不响地藏在后柜。而且社会相当稳定，买东西的人是固定的那么些个人，今年上门明年一定还来，几十年下来不能有什么大的变动。所以，小至酸梅汤、酱羊肉、茯苓饼、灌肠、薄脆、豆腐脑，都有一定的标准店铺，口碑相传，绝无错误。如今时代不同了，人口在流动，家族在崩析，到处都像是个码头，今年不知明年事，所以商店的推销术也起了急剧的变化。就是在北平，你看，杂货店开张也要有两位小姐剪彩，油盐店也要装置大号的收音机，饭馆也要装霓虹招牌，满街上奇形怪状的广告，不是欢迎参观，就是敬请比较，不是货涌如山，就是拼命削价，唯恐主顾不上门——只欠门口再站两个彪形大汉，见人就往里拉！

吃

据说饮食男女是人之大欲，所以我们既生而为人，也就不能免俗。然而讲究起吃来，这其中有艺术，又有科学，要天才，还要经验，尽毕生之力恐怕未必能穷其奥妙。听说美国哥伦比亚大学师范院（就是杜威克伯屈的讲学之所），就有好几门专研究吃的学科。甚笑哉，吃之难也！

我们中国人讲究吃，是世界第一。此非一人之言也，天下人之言也。随便哪位厨师，手艺都不在杜威克伯屈的高足之下。然而一般中国人之最善于吃者，莫过于北京的破旗人。从前旗人，坐享钱粮，整天闲着，便在吃上用功，现在旗人虽多中落，而吃风尚未尽泯。四个铜板的肉，两个铜板的油，在这小小的范围之内，他能设法调度，吃出一个道理来。富庶的人，更不必说了。

单讲究吃得精，不算本事。我们中国人外带着肚量六。一桌酒席，可以连上一二十道菜，甜的、咸的、酸的、辣的，吃在肚里，五味调和。饱餐之后，一个个的吃得头部发沉，步履维艰。不吃到这个程度，便算是没有吃饱。

荀子曰："无廉耻而嗜乎饮食，可谓恶少者也。"我们中国人，接近恶少者恐怕就不在少数。

吃　相

我是学生出身，十几年间同桌吃饭的不知凡几，可说是阅人多矣！现在谈谈吃相中之最杰出的人才之最拿手的好戏。

一　中学时代

这时候大家的身体都在发达的时候，所以在吃的时候，不注重"相"，而注重在"吃得多"，并且"吃得好"。学校的饭食，只有一样好处——管饱。讲到菜数的味道，大约比喂猪的东西胜过一点。四个碗四个碟子，八个人吃。照规矩要等人齐了才能正式用武。所以快到吃饭的时候，食堂门口挤得水泄不通，一股菜香从窗口荡漾出来，人人涎流万丈，说句时髦话，空气是非常的紧张。钟点一到，食堂门开，大队人马，浩浩荡荡，长驱直入，唯恐落后。八个人到齐，说时迟，那时快，双手并用，匙箸齐举。用筷的方法，是先用"骑马式"，两箸直用，后来碗底渐渐发白，便改用"抬轿式"，用两箸横扫。稍微带几根肉毛的菜，无一幸免。再后来，天下事大定矣的时候，大家改换工具，弃箸而用匙焉！最后，大家已有九分饱，碗里留些剩水残羹，这时节便有年长一点德高一点的人，从容不迫地从头上拔下一根轻易不肯拔的毛来，放在碗里。照例碗里有毛，厨房要受罚的，所以厨房情愿私了，另赔一满碗菜。结果是大家一人添一碗饭。有时厨役也晓得个中情形，所以在学生装模作样喊叫"有毛！"的时候，便说："这大概是狗毛罢？"学生面面相觑。

二　大学时代

年纪大了，学业进了，吃相也跟着改良。这时代吃起来讲究不动声色，而收更大之实惠。所以大家共同研究，发明了四个字的诀窍，曰：狠、准、稳、忍。遇见好吃的菜，讲究当仁不让，引为己任，旁若无人，是之谓"狠"。一碗的肉，块头有大有小，有厚有薄，有肥有瘦，要不假翻动而看得准确，何者最佳，何者次之，是之谓"准"。既已狠心，而又眼快，第三步工作在用筷子夹的时候要夹得稳，否则半途落下，费时耗力，有碍吃相，是之谓"稳"。最后食既到嘴，便不论其是否坚硬热烫，须于最短时间之内通通咽下，是之谓"忍"，言忍痛忍烫也。吃相到这个地步，可以说是没有挑剔了。

馋

　　馋，在英文里找不到一个十分适当的字。罗马暴君尼禄，以至于英国的亨利八世，在大宴群臣的时候，常见其撕下一根根又粗又壮的鸡腿，举起来大嚼，旁若无人，好一副饕餮相！但那不是馋。埃及废王法鲁克，据说每天早餐一口气吃二十个荷包蛋，也不是馋，只是放肆，只是没有吃相。对于某一种食物有所偏好，于是大量地吃，这是贪多无厌。馋，则着重在食物的质，最需要满足的是品味。上天生人，在他嘴里安放一条舌，舌上还有无数的味蕾，教人焉得不馋？馋，基于生理的要求，也可以发展成为近于艺术的趣味。

　　也许我们中国人特别馋一些，馋字从食，毚声。毚音谗，本义是狡兔，善于奔走，人为了口腹之欲，不惜多方奔走以膏馋吻，所谓"为了一张嘴，跑断两条腿"。真正的馋人，为了吃，绝不懒。我有一位亲戚，属汉军旗，又穷又馋。一日傍晚，大风雪，老头子缩头缩脑偎着小煤炉子取暖。他的儿子下班回家，顺路市得四

213

只鸭梨，以一只奉其父。父得梨，大喜，当即啃了半只，随后就披衣戴帽，拿着一只小碗，冲出门外，在风雪交加中不见了人影。他的儿子只听得大门咣啷一声响，追已无及。越一小时，老头子托着小碗回来了，原来他是要吃榲桲拌梨丝！从前酒席，一上来就是四干、四鲜、四蜜饯，榲桲、鸭梨是现成的，饭后一盘榲桲拌梨丝别有风味（没有鸭梨的时候白菜心也能代替）。这老头子吃剩半个梨，突然想起此味，乃不惜于风雪之中奔走一小时。这就是馋。

　　人之最馋的时候是在想吃一样东西而又不可得的那一段期间。希腊神话中之谭塔勒斯，水深及颚而不得饮，果实当前而不得食，饿火中烧，痛苦万状，他的感觉不是馋，是求生不成求死不得。馋没有这样的严重。人之犯馋，是在饱暖之余，眼看着，回想起或是谈论到某一美味，喉头像是有馋虫搔抓作痒，只好干咽唾沫。一旦得遂所愿，恣情享受，浑身通泰。抗战七八年，我在后方，真想吃故都的食物，人就是这个样子，对于家乡风味总是念念不忘，其实"千里莼羹，末下盐豉"也不见得像传说的那样迷人。我曾痴想北平羊头肉的风味，想了七八年。胜利还乡之后，一个冬夜，听得深巷卖羊头肉小贩的吆喝声，立即从被窝里爬出来，把小贩唤进门洞，我坐在懒凳上看着他于暗淡的油灯照明之下，抽出一把雪亮的薄刀，横着刀刃片羊脸子，片得飞薄，然后取出一只蒙着纱布的羊角，撒上一些椒盐。我托着一盘羊头肉，重复钻进被窝，在枕上一片一片地把羊头肉放进嘴里，不知不觉地进入了睡乡，十分满足地解了馋瘾。但是，老实讲，滋味虽好，总不及在痴想时所想象的香。我小时候，早晨跟我哥哥步行到大鹁鸽市陶氏学堂上学，校门口有个小吃摊贩，切下一片片的东西放在碟子上，洒上红糖汁、玫瑰木樨，淡紫色，样子实在令人馋涎欲滴。走近看，知道是糯米藕。一问价钱，要四个铜板，而我们早点费每天只有两个铜板，我们当下决定，饿一天，明天就可以一尝异味。所付代价太大，所以也不能常吃。糯米藕一直在我心中留下不可磨灭的印象。后来成家立业，想吃糯米藕不费吹灰之力，餐馆里有时也有供应，不过浅尝辄止，不复有当年之馋。

馋与阶级无关。豪富人家，日食万钱，犹云无下箸处，是因为他这种所谓饮食之人放纵过度，连馋的本能和机会都被剥夺了，他不是不馋，也不是太馋，他麻木了，所以他就要千方百计地在食物方面寻求新的材料、新的刺激。我有一位朋友，湖南桂东县人，他那偏僻小县却因乳猪而著名，他告我说每年某巨公派人前去采购乳猪，搭飞机运走，充实他的郇厨。烤乳猪，何地无之？何必远求？我还记得有人做寿筵，客有专诚献"烤方"者，选尺余见方的细皮嫩肉的猪臀一整块，用铁钩挂在架上，以炭肉燔炙，时而武火，时而文火，烤数小时而皮焦肉熟。上桌时，先是一盘脆皮，随后是大薄片的白肉，其味绝美，与广东的烤猪或北平的炉肉风味不同，使得一桌的珍馐相形见绌。可见天下之口有同嗜，普通的一块上好的猪肉，苟处理得法，即快朵颐。像《世说》所谓，王武子家的蒸豚，乃是以人乳喂养的，实在觉得多此一举，怪不得魏武未终席而去。人是肉食动物，不必等到"七十者可以食肉矣"，平素有一些肉类佐餐，也就可以满足了。

北平人馋，可是也没听说有谁真个馋死，或是为了馋而倾家荡产。大抵好吃的东西都有个季节，逢时按节地享受一番，会因自然调节而不逾矩。开春吃春饼，随后黄花鱼上市，紧接着大头鱼也来了，恰巧这时候后院花椒树发芽，正好掐下来烹鱼。鱼季过后，青蛤当令。紫藤花开，吃藤萝饼，玫瑰花开，吃玫瑰饼；还有枣泥大花糕。到了夏季，"老鸡头才上河哟"，紧接着是菱角、莲蓬、藕、豌豆糕、驴打滚、艾窝窝，一起出现。席上常见水晶肘，坊间唱卖烧羊肉，这时候嫩黄瓜、新蒜头应时而至。秋风一起，先闻到糖炒栗子的气味，然后就是焦烤涮羊肉，还有七尖八团的大螃蟹。"老婆老婆你别馋，过了腊八就是年。"过年前后，食物的丰盛就更不必细说。一年四季的馋，周而复始地吃。

　　馋非罪，反而是胃口好、健康的现象，比食而不知其味要好得多。

圆桌与筷子

我听人说起一个笑话，一个中国人向外国人夸说中国的伟大，圆餐桌的直径可以大到几乎一丈开外。外国人说："那么你们的筷子有多长呢？""六七尺长。""那样长的筷子，如何能夹起菜来送到自己嘴里呢？""我们最重礼让，是用筷子夹菜给坐在对面的人吃。"

大圆桌我是看见过的，不是加盖上去的圆桌面，是定制的大型圆餐桌，周遭至少可以坐二十四个人，宽宽绰绰的一点也不挤，绝无"菜碗常须头上过，酒壶频向耳边洒"的现象。桌面上有个大转盘（英语名为"懒苏珊"），转盘有自动旋转的装置，主人按钮就会不疾不徐地转。转盘上每菜两大盘，客人不须等待旋转一周即可伸手取食。这样大的圆桌有一个缺点，除了左右邻座之外，彼此相隔甚远，不便攀谈，但是这缺点也许正是优点，不必没话找话，大可埋头猛吃，做食不语状。

我们的传统餐桌本是方的，所谓八仙桌，往日喜庆宴都是用方桌，通常一席六个座位，有时下手添个长凳打横，只有在特殊情形下才加上一个圆桌面。炕上餐桌也是方的。方桌折角打开变成圆桌（英语所谓"信封桌"），好像是比较晚近的事了。

许多人团聚在一起吃饭，尤其是讲究吃的东西要烫嘴热，当然以圆桌为宜，把食物放在桌中央，由中央到圆周的半径是一样长，各人伸箸取食，有如辐辏于毂。因为圆桌可能嫌大，现在几乎凡是圆桌必有转盘，可恼的是直眉瞪眼的餐厅侍者多半是把菜盘往转盘中央一丢，并不放在转盘的边缘上，然后掉头而去，转盘等于虚设。

西方也不是没有圆桌。亚瑟王的圆桌骑士是赫赫有名的，那圆桌据说当初可以容一百五十名骑士就座，真不懂那样大的圆桌能放在什么地方，也许是里三层外三层围绕着吧？近代外交坛坫之上常有所谓圆桌会议，也许是微带椭圆之形，其用意在于宾主座位不分上下。这都不能和我们中国的圆桌相提并论，我们的圆桌是普遍应用的，家庭聚餐时，祖孙三代团团坐，有说有笑，融融泄泄；友朋宴饮时，敬酒、划拳、打通关都方便。吃火锅，更非圆桌不可。

筷子是我们的一大发明。原始人吃东西用手抓，比不会用手抓的禽兽已经进步很多，而两根筷子则等于是手指的伸展，比猿猴使用树枝拨东西又进一步。筷子运用起来可以灵活无比，能夹、能戳、能撮、能挑、能扒、能掰、能剥，凡是手指能做的动作，筷子都能。没人知道筷子是何时何人发明的。如果《史记》所载不虚，"纣为象箸而箕子唏"，纣王使用象牙筷子而箕子忍气吞声地叹气，象牙筷子的历史可说是很久远了。箸原是笑，竹子做的筷子；又做梜，木头做的筷子。象牙筷子并没有什么好，怕烫，容易变色。假象牙筷子颜色不对，没有纹理，更容易变色，而且在吃香酥鸭的时候，拉扯用力稍猛就会咔嚓一声断为两截。倒是竹筷子最好，湘妃竹固然好，普通竹也不错，髹油漆固然好，本色尤佳。做祖父母的往往喜欢使用银箸，通常是短短细细的，怕分量过重，这只为了表示其地位之尊崇。金箸我尚未见过，恐怕未必中用。箸之长短不等，湖南的筷子特长，盘子也特大，但是没有长到烤肉的筷子那样。

西方人学习用筷子那副笨相可笑，可是我们幼时开始用筷子的时候，又何尝不是像狗熊耍扁担？稍长，我们使筷子的伎俩都精了——都太精了。相传少林绝技之一是举箸能夹住迎面飞来的弹丸，据说是先从用筷子捕捉苍蝇练成的一种功夫。一般人当然没有这种本领，可是在餐桌之上我们也常有机会看到某些人使用筷子的一些招数。一盘菜上桌，有人挥动筷子如舞长矛，如野火烧天横扫全境，有人胆大心细彻底翻腾如拨草寻蛇，更有人在汤菜碗里拣起一块肉，掂掂之后又放下了，再拣一块再掂掂再放下，最后才选得比较中意的一块，夹起来送进血盆大口之后，还要把筷子横在嘴里吮一下，于是有人在心里嘀咕：这样做岂不是把你的口水都污染了食物，岂不是让大家都于无意中吃了你的口水？

其实口水未必脏。我们自己吃东西都是伴着口水吃下去的，不吃东西的时候也常咽口水的。不过那是自己的口水，不嫌脏。别人的口水也未必脏。我不相信谁在热恋中没有大口大口咽过难分彼此的一些口水。怕的是口水中带有病菌，传染给别人和被人传染给自己都不大好。毛病不是出在筷子，是出在我们的吃的方式上。

六十多年前，我的学校里来了一位教英语的老师，我只记得他姓钟，外号人称"钟善人"，他在学校及附近乡村里狂热地提倡两件事，一是植树，一是进餐时每人用两副筷子，一副用于取食，一副用于夹食入口。植树容易，一年只有一度，两副筷子则窒碍难行。谁有那样的耐心，每餐两副筷子此起彼落的交换使用？如今许多人家，以及若干餐馆，筷子仍是人各一双，但是菜盘汤碗各附一个公用的大匙，这个办法比较简便，解决了互吃口水的问题。东洋御料理老早就使用木质短小的筷子，用毕即丢弃。人家能，为什么我们不能？我愿象牙筷子、乌木筷子以及种种珍奇贵重的筷子都保存起来，将来作为古董赏玩。

包　装

佛要金装，人要衣装，货要包装。

我们的国货，在包装方面，常走极端：不是非常的考究精美，便是非常的简陋粗糙。

以文具来说，从前文人日常使用的墨，包装常很出色。除了论斤发售的普通墨之外，稍微好一点儿的墨或用漆盒，上题金字，或用锦匣，内有层层夹盖，下有铺棉绫垫，真像是"革匮十重，缇巾什袭"的样子，其中固然有些是贡品，但有些也只属于平民馈赠的性质。至于名人字画之类，更是黄绢密裹，置于楠檀的匣柜之中，望之俨然。上选的印泥，所谓十珍印色，也无不有个小小的蓝花白瓷盒，往往再加上一个书函形的小锦盒，十分的乖巧。这些属于文人雅士，难怪包装也自脱俗。从前日常生活所需的货品，不足以语此。

从前包花生米，照例是用报纸，买油条，也照例是用一块纸一裹，至买块豆腐，湿漉漉软趴趴的，也是用块报纸一托。废报纸的用处实在太广。记得在北平刑部街月盛斋，我看见一位雍容华贵的中年妇人进去买酱羊肉一大方，新出锅的，滴里搭拉的，伙计用报纸一包了事，顾客请他多用两张报纸包裹，伙计怫然不悦。顾客说愿付钱买他两张报纸，伙计说："我们不卖报纸"，结果不欢而散。酱羊肉就是再好，在包装方面这样的不负责，恐怕也要令人裹足不前了。有一种红豆纸，也许比报纸略胜一筹，虽然是暗暗的血红色，摸上去疙瘩噜苏的。这种红豆纸，包盒子菜，卷作圆锥形，也包炸三角肉火烧。再就是草纸，名副其实的草纸，因为有时候上面还沾着好几朵蒲公英的花絮。这种草纸用处可大了，炒栗子、白糖、杂拌儿、鸡鸭蛋，凡是干果子铺杂货店发售的东西，什么都是用草纸包裹。包东西的草纸，用过之后还有用，比厕筹好得多。除了草纸以外，菜叶子也派用场。刚出笼的包子，现宰的猪牛肉，都是用叶子或是什么芋头叶之类的东西包裹。菱角鸡头米什么的当然用荷叶了。

满汉细点，若是买上三五斤的大八件小八件之类送人，他们会给你装一个小木匣，薄木片勉强逗榫，上面有个抽拉而不顺溜的盖子，涂上一层红颜色，但是遮不住没有刨光的木头碴，那样子颇像"狗碰头"似的一具薄棺，状既不雅，捧起来也沉甸甸。可是少买一点，打一个蒲包，情形就不同了。蒲包实在很巧妙，朴素但是不俗，早已被淘汰，可是我还很怀念它。蒲是一种水草。《诗经》"其簌维何，维笋及蒲"，蒲叶用途多端，如蒲衣、蒲轮、蒲团、蒲鞭。蒲包，则是以蒲叶编织成疏疏的圆形网状，晒干压平待用。用时，在蒲网上铺一大张草纸，再敷一长绵纸，把点心摆在上面，然后像信封似的把蒲网连同草纸四角折起，月麻茎一捆，上面盖上一张红门票，既不压分量，样子也好看，连打糖锣儿的小儿玩物里，都有装小炸食的迷你蒲包儿。不知道现在大家为什么不再用蒲包了。

　　茶叶是我们内销的大宗货，可是包裹实在太差劲了。首先，内销的货不需要写上外国文字，外销的货不可以随便乱写洋泾浜的英文。早先的茶叶罐大部分使用的铅铁筒，并不严丝合缝，有时候又过于严丝合缝，若不是"两膀我有千钧力"还很不容易扭旋开。罐上通常印上一段广告，最后一句照例是："请尝试之方知余言不谬也。"一般而论，如今的茶叶罐的外表比从前好，但亦好不了多少，不论内销外销几乎一律加上英文字样，而且那英文不时地令人啼笑皆非。有人干脆大书 Best Tea 二字，在品尝之后只能说他是大言不惭。至于色彩，则我们最擅长的大红大绿五颜六色一齐堆了上去，管他调和不调和，刺不刺目，先来个热闹再说。有时候无端地画上一个额大如斗的南极老人，再不就是福禄寿三仙、刘海耍金钱。如果肯画上什么花开富贵、三阳开泰，那就算是近于艺术了。

　　日本人很善于包装，无论食品用品在包装方面常能给人以清新之感，色彩图案往往是极为淡雅，虽然他们的军人穷凶极恶，兽性十足，虽然他们的文官篡改史实，恬不知耻，他们在日常生活用品上所投下的艺术趣味之令人赞赏是无可争辩的。日本并不以产茶著名，但是他们的茶叶包装精巧美观。他们做的点心饼干之类并不味美，但是包装考究。他们一切物品的包装纸，都是经过精心设计的。该诅咒的我们诅咒，该赞赏的我们不能不赞赏。

有一位青年才俊海外归来讲学，我问他专攻的是哪一门学问，他说他专门研究的是香蕉的包装——如何使香蕉在运输中不至于腐烂得太快。我问他有何妙法，他说放弃传统的竹篓，改用特制的纸箱。他说得有理，确是一大改进，高明高明。

"麦当劳"

麦当劳乃Mac Donald[1]的译音。麦，有人读如马，犹可说也。劳字胡为乎来哉？ N与L不分，令人听起来好别扭。

牛肉饼夹圆面包，在美国也有它的一段变迁史。一九二三年我到美国读书，穷学生一个，真是"盘飧市远无兼味"，尤其是午饭一顿，总是在校园附近一家小店吃牛肉饼夹面包，但求果腹，不计其他。所谓牛肉饼，小小的薄薄的一片碎肉，在平底锅上煎得两面微焦，取一个圆面包（所谓bun），横剖为两片，抹上牛油，再抹上一层蛋黄酱，把牛肉饼放上去，加两小片飞薄的酸黄瓜。自己随意涂上些微酸的芥末酱。这样的东西，三口两口便吃掉，很难填饱中国人的胃，不过价钱便宜，只要一角钱。名字叫作"汉堡格尔"（Hamburger），尚无什么所谓"麦克唐纳"。说食无兼味，似嫌夸张，因为一个汉堡吃不饱，通常要至少补一个三文治，三

---

[1]此处应为McDonald。

文治的花样就多了，可以有火腿、肝肠、鸡蛋等等之分，价钱也是一角。再加上一杯咖啡，每餐至少要两角五，总算可以糊口了。

我不能忘记那个小店的老板娘，她独自应接顾客，老板司厨，她很俏丽泼辣，但不幸有个名副其实的狮子鼻。客人叫一份汉堡，她就高喊一声"One burger!"，叫一份热狗，她就高喊一声"One dog!"

三十年后我再去美国，那个狮子鼻早已不见了，汉堡依然是流行的快餐，而且以麦克唐纳为其巨擘，自西徂东，无远弗届。门前一个大 M 字，那就是他的招牌，他的广告语是"迄今已卖出几亿几千万个汉堡"。特大号的汉堡定名为 Big Mac（大麦克），内容特别丰富，有和面包直径一样大的肉饼，而且是两片，夹在三片面包之中，里面加上生菜、番茄、德国酸菜（Sauerkraut）、牛油蛋黄酱、酸黄瓜，堆起来高高厚厚，樱桃小口很难一口咬将下去，这样的豪华汉堡当年是难以想象的，现在价在三元左右。

久住在美国的人都非万不得已不肯去吃麦克唐纳。我却对它颇有好感，因为它清洁、价廉、现做现卖。新鲜滚热，而且简便可口。我住在西雅图，有时家里只剩我和我的外孙在家吃午餐，自己懒得做饭，就由外孙骑脚踏车到附近一家"海尔飞"（Herfy）买三个大型肉饼面包（Hefty），外孙年轻力壮要吃两个。再加上两份炸番薯条，开一个"坎白尔汤"罐头，一顿午餐十分完美。不一定要"麦当劳"。

在美国最平民化的食物到中国台湾会造成轰动，势有必至理有固然。我们的烧饼油条豆浆，永远吃不厌，但是看看街边炸油条打烧饼的师傅，他的装束，他的浑身上下，他的一切设备，谁敢去光顾！我家附近有一家新开的以北方面食为号召的小食店，白案子照例设在门外，我亲眼看见一位师傅打着赤膊一面和面一面揾鼻涕。

在台北本来早有人制卖汉堡，我也尝试过，我的评语是略为形似，具体而微。如今真的"麦当劳"来了，焉得不轰动。我们无须侈言东西文化之异同，就此小事一端，可以窥见优胜劣败的道理。

吃在美国

普通的美国人不大讲究吃。遇到像感恩节那样大的盛典，也不过是烤一只火鸡。三百多年前的风俗，一直流传到现在。我在美国读书的时候，一度在科罗拉多泉寄居在一位密契尔太太家里，感恩节的前好几天，房东三小姐就跑进跑出张皇失措地宣告："我们要吃火鸡大餐了！"那只巨禽端上桌来，气象不凡，应该是香肥脆嫩，可是切割下来一尝，胸脯也好，鼓槌也好，又粗又老又韧！而且这只火鸡一顿吃不完，祸延下一餐。从此我对于火鸡没有好感。

热狗，牛肉末饼夹圆面包，一向是他们平民果腹之物，历久弗衰。从前卖这种东西的都是规模很小的饮食店，我不能忘的是科罗拉多大学附近的那一爿小店，顶多能容一二十人，老板娘好穿一袭黑衣裳，有一只狮子鼻，经常高声吆喝："两只狗！一个汉堡格尔[1]，生！"这种东西多抹芥末多撒胡椒，尤其是饥肠

---

[1] 指汉堡（hamburg）。

辘辘的时候，也颇能解决问题。我这次在美国不止一次吃到特大型牛肉末饼夹圆面包，三片面包两层肉外加干酪生菜，厚厚的高高的，嘴小的人还不方便咬，一餐饭吃一个也就差不多了。美国式的早餐，平心而论，是很丰美的，不能因为我们对烧饼油条有所偏爱而即一笔抹杀。我喜欢吃煎饼（pancake）和铁模烙的鸡蛋饼（waffle），这一回到西雅图当然要尝试一次，有一天我们到一家"国际煎饼之家"去进早餐，规模不小，座无虚席，需要挂号候传。入座之后，发现鸡蛋饼的样式繁多，已非数十年前那样简单了，我们六个人每人各点不同的一色，女侍咄咄称奇。饼上加的调味品非常丰富，不仅是简简单单的糖浆了。我病消渴，不敢放肆，略尝数口而罢。倒是文蔷在家里给我做的煎饼，特备人工甜味的糖浆，使我大快朵颐。西雅图海港及湖边码头附近有专卖海鲜之小食店，如油炸鱼块、江瑶柱、蚵等，外加炸番薯条，鞑靼酱，亦别有风味。我不能忘的还有炙烤牛肉（barbecue），在美国几乎家家都有烤肉设备，在后院里支上铁架，烧热煤球，大块的肋骨牛排烤得咝咝响，于是"一家烤肉三家香"了。多亏士耀买来一副沉重的木头桌椅，自己运回来，自己动手摩擦装置。每次刷洗铁架的善后工作亦颇不轻，实在苦了主妇。可是一家大小，随烤随食，鼓腹欢腾的样子，亦着实可喜。

美国的自助餐厅，规模有大有小，但都清洁整齐，是匆忙的社会应运而生的产物。当然其中没有我们中国饭馆大宴小酌的那种闲情逸致，更没有豁拳行令杯盘狼藉的那种豪迈作风，可是食取充饥，营养丰富，节省时间人力可以去做比吃饭更重要的事，不能不说是良好制度。遗憾的是冷的多，热的少，原来热的到了桌上也变成了温的，烫嘴热是办不到的。另有一种自助餐厅，规定每人餐费若干，任意取食，食饱为止，所谓Smorgasbord，为保留它特殊的斯堪地那维亚[1]的气氛，餐厅中还时常点缀一些北欧神话中侏儒小地仙（trolls）的模型。这种餐厅，食品不会是精致的，如果最后一道是大块的烤牛肉则旁边必定站着一位大师傅准备挥动大刀给你切下飞薄飞薄的一片！至于专供汽车里面进餐的小食店（drive in restaurants）所供食品只能算是点心。我们从纽约到底特律，一路上是在Howard Johnson自助餐厅各处分店就食，食物不恶，有时候所做炸鸡，泡松脆嫩，不在所谓"肯德基炸鸡"（一位上校发明的）之下，只是朝朝暮暮，几天下来，胃口倒尽，所以我们到了加拿大的水牛城立刻就找到一家中国餐馆，一壶热热的红茶端上来就先使我们松了一口气。

讲到中国餐馆在美国，从前是以杂碎炒面为主，哄外国人绰绰有余，近年来大有进步，据说有些地方已达国内水准。但是我们在华府去过最有名的一家××楼，却很失望，堂倌的油腔滑调的海派作风姑且不论，上菜全无章法，第一道上的是一大海碗酸辣汤，汤喝光了要休息半个钟头才见到第二道菜，菜的制法油腻腻黏巴巴的，几样菜如出一辙，好像还谈不到什么手艺。墙上悬挂着几十张美国政要的照片，包括美国总统在内，据说都曾是这一家的座上客，另一墙上挂着一副对联，真可说是雅俗共赏。

---

[1] 今译斯堪的纳维亚。

我们到了纽约，一下车就由浦家麟先生招待我们到唐人街吃早点，有油条、小笼包、汤面之类，俨然家乡风味，后来我们在××四川餐馆又叨扰了一席盛筵，在外国有此享受自是难得的了。西雅图的唐人街规模不大，餐馆亦不出色，我们一度前往加拿大的温哥华一膏馋吻。

我生平最怕谈中西文化，也怕听别人谈，因为涉及范围太广，一己所知有限，除非真正学贯中西，妄加比较必定失之谫陋。但是若就某一具体问题作一研讨，就较易加以比较论断。以吃一端而论，即不妨比较一番，但是谈何容易！我们中国人初到美国，撑大了的胃部尚未收缩，经常在半饥饿状态，食不厌精脍不厌细的哲学尚未忘光，看到罐头食品就可能视为"狗食"，以后纵然经济状况好转，也难得有机会跻身于上层社会，更难得有机会成为一位"美食者"。所以批评美国的食物，并不简单。我年轻时候曾大胆论断，以为我们中国的烹饪一道的确优于西洋，如今我不再敢这样的过于自信。而且我们大多数人民的饮食，从营养学上看颇有问题，平均收入百分之四十用在吃上，这表示我们是够穷的，还谈得到什么饮馔之道？讲究调和鼎鼐的人，又花费太多的工夫和精力。民以食为天，已经够惨，若是说以食立国，则宁有是理？

康乃馨牛奶

由西雅图到斯诺夸密[1]去的公路上，有一岔道，通往康乃
馨（Carnation）。康乃馨是一个小镇，著名的康乃馨牛奶公司就
在这个地方。是牛奶公司因镇而得名，还是这地方因牛奶公司而
得名，我不大清楚。镇很小，人口数千，大部分业农，以畜牛为主，
都多多少少和牛奶公司发生关系。这公司的总部在加州，但是其
发祥地却在此处。此处有一片广大的牧场，有几百头乳牛，有牛棚，
有挤奶棚，但是没有加工的厂房。康乃馨的工厂很多，遍及于美
国西部海岸，这是其中极有趣的一个。

我们中国人老早就认识康乃馨牛奶水，好像一般人称之为三
花牌奶水，因为罐头标签上画着三朵花，而那种花的名字不是我
们一般人所习知的。因此我到了这家牛奶公司去参观，备觉亲切，
好像是无意中走到了一个熟朋友的老家。一个公司行号非万不得

---

[1] 今译斯诺夸尔米。

已不会挂出"谢绝参观"的牌子，更不会毫不客气地旨白"闲人免进"，招待参观正是极高明的广告手段。康乃馨公司的门口就竖了牌示，指点参观人所应采取的路线，并备有一些说明书之类的文件供人阅览。我们按照指示一处一处地参观。

首先映入眼帘的是那一片广阔的草原。时值旱季，山坡上的草是枯黄的，唯独这一片草原经人工洒灌是绿萋萋的。草原上横七竖八地隔着白色油漆的栏杆，有几个栏里正有乳牛吃草。几十年前这公司的业务本来是只限于收购牛乳分销各地，刨办人很快地决定自己生产牛乳，于是在这斯诺夸密河谷之中选定一块榛莽未除的山地，砍伐山林，夷为平地，引进优良品种，经之营之而有今日的规模。从此由育种，而繁殖，而产乳，而加工，一贯作业，蔚为美国乳业巨擘之一。

这里有十几栋厂房，厂房的主人翁当然是牛。事实上在总办公室门前有巨大塑像一具，不是公司创办人的铜像，而是一头硕大无朋的产量最丰的乳牛！塑像是水泥制的，但是气象不凡，下有文字说明其打破纪录的产乳量。乳量的数字，我不记得了。我知道乳牛是每日挤乳两次，一年之中每天都要挤，并无休假之说。这头牛的产量的确是惊人的。真正有功可录克尽厥职的人，塑像留念不算过分，牛亦如此。我在牛像下面低回久之。

有趣的是挤奶厂。一面挤奶一面仍然要喂草料，好像他们深知"又要马儿跑得好，又要马儿不吃草"是不可能的。一头乳牛每天要消费十至二十加仑水，三十至五十磅干草与粮秣，四至十磅的谷类等。牛不同于人，它不能枵腹从公。克扣它的饮食，奶的质与量就要降低。加州乳牛平均每头每年产乳达四千七百卡之多，主要是由于营养充足。挤奶的方法当然是机械化的，由管子输送到一个容器里去，迅速而清洁。

人乳与牛乳孰优，是很难说的。人乳所含蛋白质与矿质不及牛乳，所含糖分却多一倍半。"有奶便是娘"一语现已不复适用，现代的母亲徒有"哺乳动物"之名，不再哺乳了。何况饮乳的不只是婴儿，成年的人也一样的要喝奶，而人奶尚无罐头上市。美国人民每年消耗食物，若以重量来计算，其中四分之一是牛奶及牛奶制品。

我们中国人是著名的不喜欢喝牛奶。《汉书·西域传》："以肉为食兮酪为浆。"李陵《答苏武书》："膻肉酪浆，以充饥渴。"都是指胡人的生活习惯，作为异乡奇谈。杜甫《太平寺泉眼》诗："取供十方僧，香美胜牛乳。"按维摩经有这样的记载："阿难白佛言，忆念昔时世尊身，小有疾，当用牛乳。"在我们的诗人看来，牛乳尚不及太平寺泉水之香美!《魏书·王琚传》："常饮牛乳，色如处子。"这话相当可疑，犹之常饮咖啡未必色如黑炭。不过我们一般汉人没有饮牛乳的习惯确是事实。《马可·波罗游记》记载着蒙古军士身上带着十磅干酪作为食粮的一部分。到如今也只有北方人知道吃酪或酪卷、酪干之类。北平戏园子里经常有小贩托着盘子，上面一碗碗的酪，口里喊着："酪——来——酪!酪——来——酪!"前门外门框胡同的那家酪铺最有名，有极考究的带果儿的酪，也有酪卷、酪干发售。黄媛珊女士在台湾曾试做酪发售，不数日即歇业，此地无人认识这种东西。

我记得约三十几年前天津《大公报》登载过一篇董时进教授作的《牛乳救国论》，至今印象犹新。救国必先强身，强身必须以喝牛奶开始。看了康乃馨牛奶厂，深感我们的牛乳工业尚在萌芽！

　　康乃馨的主人颇为风雅，一片牛棚之外还开辟了一片更广大的花园，虽无奇花异卉，却也装点得楚楚有致，尤其是那一片球茎秋海棠（Begonia），彩色斑斓，如火如荼。

"啤酒"啤酒

两年前有一天我的女儿文蔷拿来三罐啤酒，分别注入三个酒杯，她不告诉我各个的牌名，要我品尝一下，何者为最优。我端起酒杯，先放在鼻下一嗅，轻轻浅尝一口，在舌端品味，然后含一大口在嘴里停留一下再咕噜一声下咽，好像我真懂品酒似的。三杯品尝过后，迟疑了一阵，下判断说："这一杯比较最香最美。"她笑着记下我所投的一票。

然后她另换三个杯子，也各注入不同商标的啤酒，要我的外孙邱君达来品尝。他已成年，可以喝酒。他喝了之后，皱皱眉头，说："我认为这一杯最好。"她又记下了他所投的一票。

她再换三杯，斟满了酒，要我的即将成年的外孙君迈参加评判。他一杯一大口，耸肩摊手，说："差不太多，比较这一杯较佳。"她又记下他的一票。

她说："现在我要宣布品评的结果了。我选的三种不同的啤酒，第一种是瑞尼尔啤酒，是有名的老牌子……"我证实她的话说："不错，是老牌子，我在六十九年前就喝过瑞尼尔啤酒，那时候美国正在禁酒，但是啤酒不禁，所以我很喝过些瓶。那时候啤酒尚无罐装，只有大小两种玻璃瓶装。我喝惯了站人牌、太阳牌啤酒，初喝瑞尼尔牌觉得味淡而香，留有很好印象。透明的玻璃瓶，标签上印着西雅图附近山巅积雪的瑞尼尔山。"她接着说："第二种是奥仑比克啤酒。"我立即忆起十年前参观过的西雅图南边的奥仑比克啤酒厂，厂房规模不小，参观者络绎不绝，分批由专人讲解招待，展示啤酒酿造过程，最后飨客啤酒一大杯。此后我常喝奥仑比克啤酒。酒罐上有一句标语：It's the water（是由于水好），这句话很传神。她最后介绍第三种，没有牌名，本地人称之为"啤酒"啤酒（"Beer" beer）。

这就怪了。什么叫作"啤酒"啤酒？

我们一致投票的结果认为最好的啤酒正是这个没有牌名的啤酒，正式的名称是 generic beer（无牌名的啤酒）。罐头上糊一张白纸，没有任何色彩图样和宣传文字，只有一个粗笔大字 Beer。看起来真不起眼，没有尝试过的人不敢轻易选用。本地人无以名之，名之为"啤酒"啤酒。

这个试验是有意义的，证明货的好坏不一定依赖牌名或厂家的名义，更不在于装潢，较可靠的方法是由消费者自己实际直接辨别。某一牌名或厂家的出品，能在市场建立信用，受人欢迎，当然有其理由，绝非幸致。但是老牌子的出品未必全能长久保持原来的品质，新牌子的出品亦未必全是后来居上。因此消费者要提高警觉。

货物的包装是一门学问。包装要结实，又要轻巧，要有图案，又要不讨厌，要有色彩，又要不庸俗。要有第一流的好手投入包装设计的工作里，要肯不惜工本地在包装上精益求精。佛要金装，人要衣装，货品要包装。

广告是推销术的一大重要项目。要使用各种技巧，抓住人的注意，引起人的好奇，诱发人的欲望，而时常以利用人的弱点为最厉害的手段，并且以连续不断的方式在大众面前出现，使人于不知不觉之中接受暗示，以达到销售的目的，广告的费用是成本的一部分。

无牌名货品在观念上是一项革新，亦可说是一种反动。为要达到物美价廉的目的，不要装潢，不做广告，赤裸裸地以本来面目在货架上与人相见。以"啤酒"啤酒来说，其价格仅约为其他名牌啤酒之一半，而其品质之高为众所公认。

无牌名货物之出现首先是在法国，时为一九七六年。有一系列的连锁超级市场名加瑞福[1]（Carrefour）者，推出几种无牌名的商品，立即从法国推展到美国的芝加哥，先是珍宝食物商品（Jewel Grocers）采用，随即蔓延到全美各超级市场。以塔科玛为根据地的西海岸食品商店（West Coast Grocers），是推销无牌名商品的一大重镇。西雅图东北区则以阿伯孙超级市场为主要推销处，在全部食物销售量中约占百分之二，但是前势看好。有些超级市场让出整行的货架陈列无牌物品，如花生酱、纸巾、啤酒

---

[1] 今译家乐福。

之类。也有些超级市场拒售无牌商品，如 Safeway 及 Thriftway，他们推出本厂特产的商品，以与无牌商品抗衡。也有人指责无牌商品的品质欠佳，例如阿伯孙市场出售之无牌香草冰激凌，有人说气泡多而奶油少。但是一般而论，责难的情形很少。至少"啤酒"啤酒的声誉日隆。出产这种啤酒的是华盛顿州温哥华的大众酿造公司（General Brewing CO.），于一九七九年十一月开始上市，现已成为市场上的热门货品，在西部有六州发售。由于生产能力的限度，已无法再行扩展业务。

并不是人人都喜爱物美价廉的东西。也有人要于物美之外还要价昂，因为价昂可以满足另外一种欲望，显得自己高人一等，属于富裕的阶级，所以"啤酒"啤酒尽管是物美价廉，乃有人不惜加以摒斥，私下里喝未尝不可，公开用以待客好像是有伤体面了。

我爱"啤酒"啤酒，不仅是因为物美价廉，实乃借此表示我对于一般夸张不实的广告之厌恶。我们为什么要受某些骗人的广告的愚弄？为什么要负担不必要的广告费用、装潢费用？

我的大女儿文茜远道来探亲，文蔷知道乃姊嗜饮，问我预备什么酒好，我不假思索，脱口而出地说："啤酒"啤酒。

读《烹调原理》

从前文人雅士喜作食谱，述说其饮食方面的心得，例如袁子才的《随园食单》，李渔的《闲情偶寄》饮馔部便是。其文字雅洁生动，令人读之不仅馋涎欲滴，而且逸兴遄飞。饮食一端，是生活艺术中重要的项目，未可以小道视之。唯食谱之作，每着重于情趣，随缘触机，点到为止。近张起钧先生著《烹调原理》（新天地书局印行），则已突破传统食谱的作风，对烹饪一道作全盘的了解，条分缕析地作理论的说明，真所谓庖丁解牛，近于道矣！掩卷之后，联想泉涌，兹略述一二就教方家。

着手烹饪，第一件事是"调货"，即张先生所谓"选材"。北方馆子购买材料，谓之"上调货"，调货即是材料。上调货的责任在柜上，不在灶上。灶上可以提供意见，但是主事则在柜上。如何选购，如何储存，其间很有斟酌。试举一例：螃蟹。在北平，秋高气爽，七尖八团，满街上都有吆喝卖螃蟹的声音。真正讲究吃的就要到前门外肉市正阳楼去，别看那又窄又脏的街道，这正阳楼有其独到之处。路东是雅座，账房门口有两只大缸，打开盖一看，哇，满缸的螃蟹在吐沫冒泡，只只都称得上广东话所谓"生猛"。北平不产螃蟹，这螃蟹是柜上一清早派人到东火车站，等大篓螃蟹从火车上运下来，一开篓就优先选取其中之硕大健壮的货色。螃蟹是从天津方面运来，所谓胜芳螃蟹。正阳楼何以能拔头筹，其间当然要打通关节。正阳楼不惜工本，所以有最好的调货。一九一二年的时候要卖两角以至四角一只。货运到柜上还不能立即发售，要放在缸里养上几天，不时地泼浇蛋白上去，然后才能长得肥胖结实。一个人到正阳楼，要一尖一团，持螯把酒，烤一碟羊肉，配以特制的两层薄皮的烧饼，然后叫一碗氽大甲，简直是一篇起承转合首尾照应的好文章！

第二件是刀口，一点也不错，一般家庭讲究刀法的不多，尤其是一些女佣来自乡间，经常喂猪，青菜要切得碎碎细细，要煮得稀巴烂，如今给人做饭也依样画葫芦。很少人家能拿出一盘炒青菜而刀法适当的。炒芥兰菜加蚝油，是广东馆子的拿手，但是那四五英寸长的芥兰，无论多么嫩多么脆，一端下了咽，一端还在嘴里嚼，那滋味真不好受。切肉，更不必说，需要更大的技巧。以狮子头为例，谁没吃过狮子头？真正做好却不容易。我的同学驻葡萄牙公使王化成先生是扬州人，从他姑妈那儿学得了狮子头做法，我曾叨扰过他的杰作。其秘诀是：七分瘦三分肥，多切少斩，芡粉抹在手掌上，搓肉成团，过油以皮硬为度，碗底垫菜，上笼猛蒸。上桌时要撇去浮油。然后以匙取食，鲜美无比。再如烤涮羊肉切片，那是真功夫。大块的精肉，蒙上一块布，左手按着，右手操刀。要看看肉的纹路，不能顺丝切，然后一刀挨着一刀地往下切，缓急强弱之间随时有个分寸。现下所谓"蒙古烤肉"，肉是碎肉，在冰柜里结成一团，切起来不费事，摆在盘里很像个样子，可是一见热就纷纷解体成为一缕缕的肉条子，谈什么刀法？我们普通吃饺子之类，那肉馅也不简单。要剁碎，可是不能剁成泥。我看见有些厨师，挥起两把菜刀猛剁，把肥肉瘦肉以及肉皮剁成了稠稠的糨糊似的。这种馅子弄熟了之后可以有汁水，但是没有味道。讲究吃馅子的人，也是赞成多切少斩，很少人肯使用碾肉机。肉里面若是有筋头巴脑，最煞风景，吃起来要吐核儿。

　　讲到煎炒烹炸，那就是烹饪的主体了。张先生则细分为二十五项，洋洋大观。记得齐如山先生说过我们中国最特出的烹饪法是"炒"，西方最妙的是"烤"。确乎如此。"炒"字没有适当的英译，有人译为 scramble-fry，那意思是连搅带炸，总算是很费一番苦心了。其实我们所谓"炒"，必须使用尖底锅，英译为 wok，大概是广东音译，没有尖底锅便无法炒，因为少许的油无法聚在一起，而且一翻搅则菜就落在外面去了。烤则有赖于烤箱，可以烤出很多东西，如烤鸭、烤鱼、烤通心粉、烤各种点心，以至于烤马铃薯、烤菜花。炒菜，要注意火候，在菜未下锅之前也要注意到油的温度。许多菜需要旺火旺油，北平有句俗话"毛厨子怕旺火"，能使旺油才算手艺。我在此顺便提一提所谓"爆肚"。北平摊子上的爆肚，实际上是余。馆子里的爆肚则有三种做法：油爆、盐爆、汤爆。油爆是加芡粉葱蒜香菜梗。盐爆是不加芡粉。汤爆是水余，外带一小碗卤虾油。所谓"肚"，是羊肚，不是猪肚，而且要剥掉草芽子只用那最肥最厚的白肉，名之为肚仁。北平凡是山东馆子都会做，以东兴楼、致美斋等为最擅长，有一回我离开北平好几年，真想吃爆肚，后来回去一下火车便直奔煤市街，在致美斋一口气点了油爆肚盐爆肚汤爆肚各一，嚼得我牙都酸了。此地所谓"爆双脆"，很少馆子敢做，而且用猪肚也不对劲，根本不脆。再提另一味菜，炒辣子鸡。是最普通的一道菜，但也是最考验手艺的一道菜，所谓内行菜。'子鸡'是小嫩仔鸡，最大像鸽子那样大，先要把骨头剔得干干净净，所谓"去骨"，然后油锅里爆炒，这时候要眼明手快，有时候用手翻搅都来不及，只能掂起"把儿勺"，把锅里的东西连鸡汁飞抛起来，这样才能得到最佳效果，直是神乎其技。这就叫作掌勺。在饭馆里学徒，从剥葱剥蒜起，在厨房打下手，耳濡目染，要熬个好多年才能掌勺爆肚仁炒辣子鸡。

张先生论素菜，甚获我心。既云素菜，就不该模拟荤菜取荤菜名。有些素菜馆，门口立着观音像，香烟缭绕，还真有食客在那里膜拜，而端上菜来居然是几可乱真的炒鳝糊、松鼠鱼、红烧鱼翅。座上客包括高僧大德在内。这是何等的讽刺？我永不能忘的是大陆和台湾的几个禅寺所开出的清斋，真是果蔬素食，本味本色。烧冬菇就是烧冬菇，焖笋就是焖笋。在这里附带提出一个问题：味精。这东西是谁发明的我不知道，最初是由日本输入，名"味の素"，现在大规模自制，能"清水变鸡汤"，风行全国。台湾大小餐馆几无不大量使用。做汤做菜使用它，烙饼也加味精，实在骇人听闻。美国闹过一阵子"中国餐馆并发症状"[1]，以为这种 sodium salt 足以令人头昏肚胀，几乎要抵制中国菜。平心而论，为求方便，汤里素菜里加一点味精是可以的，唯不可滥用不可多用。我们中国馆子灶上经常备有"高汤"，就是为提味用的。高汤的制作法是用鸡肉之类切碎微火慢煮而成，不可沸滚，沸滚则汤混浊。馆子里外敬一碗高汤，应该不是味精冲的，应该是舀一勺高汤稍加稀释而成。我到熟识的馆子里去，他们时常给我一小饭碗高汤，醇厚之至，绝非味精汤所能比拟。说起汤，想起从前开封洛阳的馆子，未上菜先外敬一大碗"开口汤"，确是高汤。谁说只有西餐才是先喝汤后吃菜？我们也有开口汤之说，也是先喝汤。

我又联想到西餐里的生菜，张先生书里也提到它。他说他"第一次在一位英国人家吃地道的西餐，看见端上一碗生菜，竟是一片片不折不扣洗干净了的生的菜叶子，我心里顿然一凉，暗道：'这不是喂兔子的吗？'"在国内也有不少人忌生冷，吃西餐看见一小盆拌生菜（tossed salad），莴苣菜拌番茄、洋葱、胡萝卜、小红萝卜，浇上一勺调味汁，从冰箱里拿出来冰冷冰冷的，便不由得倒抽一口凉气，把它推在一旁。其实这是习惯问题，生菜生吃也不错。吃炸酱面时，面码儿不也是生拌进去一些黄瓜丝、萝卜缨吗？我又想起"菜包"，张先生书里也提到，他说："菜包乃清朝王室每年初冬纪念他们祖先作战绝粮吃树叶的一种吃法。

---

[1] 与前文提到的"中国餐馆症候群"意思相同。

244

其法是用嫩的生白菜叶，用手托着包拢各种菜成一球状咬着吃，所以叫菜包。"我要稍作补充。白菜叶子要不大不小。取多半碗热饭拌以刚炒好的麻豆腐，麻豆腐是发酵过的绿豆渣，有点酸。然后再和以小肚丁，小肚是膀胱灌粉及肉末所制成，其中加松子，味很特别，酱肘子铺有的卖。再加摊鸡蛋也切成丁。这是标准的材料，不能改变。菜叶子上面还不忘抹上蒜泥酱。把饭菜酌量倒在菜叶子上，双手捧起，缩颈而食之，吃得一嘴一脸两手都是饭粒菜屑。在台湾哪里找麻豆腐？炒豆腐松或是鸡刨豆腐也将就了。小肚不是容易买到的，用炒肉末算了。我曾以此飨客，几乎没有人不欣赏。这不是大吃生菜吗？广东馆子的炒鸽松用莴苣叶包着吃，也是具体而微的吃生菜了。

看张先生的书，令人生出联想太多了，一时也说不完。对于吃东西不感兴趣的人，趁早儿别看这本书！

读《媛珊食谱》

食谱有两种：一种是文人雅士之闲情偶寄，以冷隽之笔，写饮食之妙，读其文字即有妙趣，不一定要操动刀匕，照方调配；另一种是专供家庭参考，不惜详细说明，金针度人。齐夫人黄媛珊女士的食谱（《今日妇女》半月刊社发行）是属于后者，所刊列菜谱凡二十七类一百五十四色，南北口味，中西做法，均能融会贯通，切合实用，实为晚近出版品中一部有用而又有趣的书。

虽然饮食是人之大欲，天下之口有同嗜，但烹调而能达到艺术境界，则必须有高度文化做背景。所谓高度文化，包括一个必要条件，那就是充裕的经济状况。在饥不择食的情形之下，谈不到什么食谱。淮扬的菜能独树一帜，那是因为当年盐商集中在那一带，穷奢极侈，烹饪自然跟着讲究。豫菜也曾盛极一时，那是因为河工人员缺肥，虚縻无已，自然要享受一点口腹之欲。"吃在广州"，早已驰誉全国，那是因为广州自古为市舶之所，海外贸易的中心，所以富庶的人家特多，当然席丰履厚，直到如今广州的菜场特多，鱼肉充斥，可以说甲于全国，据说有些钟鸣鼎食之家所豢养的婢妾往往在烹饪上都各有擅长，每人贡献一样拿手菜，即可成一盛席。只有在贫富悬殊而社会安定生活闲适的状态之下，烹饪术才能有特殊发展。

奢侈之风并不足为训。在节约的原则之下，饮食还是应该考究的。营养的条件之应该顾到，自不待言。即普通日常菜肴，在色、香、味上用一番心，也是有益的事。同样的一棵白菜，同样的一块豆腐，处理的方法不同，结果便大有优劣之判。《媛珊食谱》之可贵处，即在其简明易行，非专为富贵人家设计。

中国的地方大，交通不便，物产种类不同，所以有许多省份各有其独特的烹饪作风。北方的菜有山东河南两派，山东菜又有烟台与济南之别。北平虽是多年的帝王之都，也许正因为是帝王之都，并没有独特的北平菜，而只是集各省之大成。真正北平地方的菜，恐怕只能以"烧燎白煮"为代表，由于地近满蒙的关系，只能有这种较为原始的烹调，似乎还谈不到烹饪艺术。北平讲究一点的馆子还是以山东菜为正宗，灶上非烟台人即济南人。北方菜，包括鲁豫在内，是自成一个体系的。江浙一带则为另一体系。川黔为又一体系。闽粤为又一体系。有人说北方菜多葱蒜，江浙菜多糖，川黔菜多辣椒，是其不同的所在。这是一说。有人就烹饪技巧而言，则只承认有三大体系，山东、江苏、广东。不过无论怎样分析，从前各省独特的作风，近三十年来已逐渐泯灭而有趋于混合的趋势。从前在饮食上不但省界分明，而且各地著名的饭馆都各有其少数的拿手菜，一时独步，绝无仿效之说。例如在北平，河南馆绝不做"爆肚仁"，山东馆绝不做"瓦块鱼"，你要吃"烩乌鱼钱"就要到东兴楼，你要吃"潘鱼""江豆腐"就要到同和居。在一个馆子里点它所没有的菜，不但无法供应，而且也显示了吃客的外行。近年来则人民流动频繁，固定的土著渐少，而商业竞争剧烈，烹饪之术也跟着彼此仿效，点菜的人知识不够胡乱点菜，做菜的人也就勉强应付。北平顶道地的山东馆也学着做淮扬菜，淮扬馆也掺杂了广东菜。烹饪上已渐实现全国性的大混合。我们读《媛珊食谱》即可意味到此种混合的趋势。作者是广东人，精于粤菜，但对于北方菜川扬菜也同样内行。事实上普通中上人家，在吃的艺术上稍微注意一点的，大概无不网罗各地做法改换口味。

各省烹饪术的混合在一方面看是不可避免的进步，在烹饪艺术上可能是一项遗憾。姑以烤鸭来说。北平烤鸭（用北平话来说应是"烧鸭子"），原以米市胡同的老便宜坊为最出色，填鸭师傅照例是通州人，鸭种很重要，填喂的技术也有考究。看鸭子把式一手揪着鸭子的脖子吊在半空，一手把预先搓好的二三寸长的饲料一根一根地塞在鸭嘴里，然后顺着鸭子的脖子硬往下捋，如连珠一般地一口气塞下十来条，然后把鸭子掷在一个无法行动的小地方，除了喝水以外休想能有任何运动。如是一天三次，鸭子焉能不肥？吊在炉里烤，密不通气，所以名之为"吊炉烧鸭"。这种烧鸭，在北平到处都有的卖，逐渐米市胡同那一家老便宜坊反倒因为地僻而不被人注意了，终于倒闭。烤鸭现已风行天下，而真正吃到过上好的北平烧鸭者如今又有几人？精烹饪者往往有独得之秘，还附带有许多客观条件，方能独步一时，仿效是不容易达到十分完美境界的。

烹饪的技巧可以传授，但真正独得之秘也不是尽人而能的。当厨子从学徒做起，从剥葱剥蒜起以至于掌勺，在厨房里耳濡目染若干年，照理也应该精于此道，然而神而通之蔚为大家者究不可多得。盖饮食虽为小道，也要有赖于才。要手艺的菜，"火候"固然重要，而"使油"尤为一大关键，冷油，温油，热油，其间差不得一点。名厨难得，犹之乎戏剧的名角，一旦凋谢，其作品便成《广陵散》矣。

一般人通认中国菜优于外国菜。究竟是怎样的优，则我经验不足，不敢妄论。读《媛珊食谱》毕，略述感想，以当介绍。

《饮膳正要》

我们中国旧书专门讲究饮食一道的恐怕是以《饮膳正要》为最早的一部。此书作者是元朝的一位"饮膳太医"，名忽思慧，书成于天历三年。按天历是元文宗的年号，文宗在位五年，天历三年是西历一三二〇年，距今已六百五十余年。作者姓名据《四部丛刊》影印本（张元济跋谓为明景泰间重刻本）是忽思慧，《四库提要》作和斯辉，字不同而音近，显然是译音，作者必是蒙古人。《四库提要》作和斯辉，必是根据另一版本。皕宋楼与铁琴铜剑楼藏本均属明刻，事实上此书传本极稀，世面流通多为钞本，作者译名有异亦不足奇。所谓饮膳太医是元朝的官名，元世祖时设掌饮膳太医四人，忽思慧乃四人中之一。他的进书奏云：

> 臣思慧自延祐年间选充饮膳之职，于兹有年，久叨天禄，退思无以补报，敢不竭书忠诚以答洪恩之万一。是以日有余间，与赵国公臣普兰奚将累朝亲传进用奇珍异馔、汤膏煎造，

及诸家本草、名医方术，并日所必用谷肉果菜，取其性味补益者，集成一书，名曰《饮膳正要》，分为三卷。《本草》有未收者今即采摭附写。伏望陛下恕其狂妄，察其愚忠，以燕间之际鉴先圣之保摄，顺当时之气候，弃虚取实，期以获安，则圣寿跻于无疆，而四海咸蒙其德泽矣。谨献所述《饮膳正要》一集以闻，伏乞圣览，下情不胜战栗激切屏营之至。

这本书是给皇帝看的，据虞集序言，皇帝看了之后"命中院使臣拜住刻梓而广传之。兹举也，益欲推一人之安而使天下之人举安，推一人之寿而使天下之人皆寿，恩泽之厚岂有加于此者哉"？虞集非劣，世称邵庵先生，学问博洽，辞章典雅，而奉命撰序也只能摭拾浮言歌功颂德一番而已。帝王淫威之下的词臣文士大抵都有此一副可怜相。

此书号称三卷，其实薄薄一册，一百六十六页，页十行，行二十字。卷一讲的是诸般避忌，聚珍异馔。卷二讲的是诸般汤煎，诸水，神仙服饵，食疗诸病，以及食物相反中毒等。卷三讲的是米谷品，兽品，禽品，鱼品，果菜品，料物。

关于养生避忌，有不少无稽之谈，例如"夫上古之人其知道者，法于阴阳，和于术数，饮食有节，起居有常，不妄作劳，故能而寿。今时之人不然也……故半百衰者多矣"。这是向往黄金时代的臆想。还有许多可笑的避忌，例如"勿向西北大小便""勿燃灯房事""口勿吹灯火，损气""立秋日不可澡浴"，等等。但是也有许多很正确的见解，如"先饥而食，食勿令饱；先渴而饮，饮勿令过；食欲数而少，不欲顿而多"是不刊之论。再如"食讫温水漱口""清旦刷牙不如夜刷牙"，见解也是很摩登的。至于胎教之说，殊无根据。

所谓聚珍异馔，也是虚有其名，大抵离不开羊肉、羊心、羊肺、羊尾、羊头、羊肝、羊蹄、羊舌，可见未脱蒙古风尚。所谓的"珍味奇品，咸萃内府"，也不过是鹿、狼、熊、鲤鱼、雁，数品而已。比起后来传说中之满汉全席，珍馐百色罗列当前，犹感无下箸处，繁简之差不可以道里计矣。大概元朝享国日浅，皇帝作威作福之丑态尚未尽致发挥。

"肝生"就是羊肝生吃之谓。羊肝、生姜、萝卜、香菜蓼子，各切细丝，用盐醋芥末调和。在杭州西湖楼外楼吃"鱼生""虾生"，有人赞为美味，原来羊肝亦可生食，有此等事！

"水晶角儿""撇列角儿""时萝角儿"，角儿疑即"饺饵"。角读如矫，故易误为饺。时萝角儿说明是"用滚水搅熟作皮"，当是今之所谓烫面饺。北方人把饺子当作上品，由来已久，皇帝的食谱上也有著录。馒头而有馅，今则谓之包子，从前似是没有分别。今亦有称包子为馒头者。

犬为六畜之一，不但可供食用，祭祀也用得着它。《饮膳正要》对犬肉作如是之说明："犬肉味咸温，无毒，安五脏，补绝伤，益阳道，补血脉，厚肠胃，实下焦，填精髓。"作用如是之广大！西人以食狗肉为野蛮，适见其少见多怪，国人随声附和，则数典忘祖矣。我未曾尝过狗肉，亦不想试之，唯谓为野蛮，则不敢赞一词。

《饮膳正要》在食谱部分，标举品名、主治、材料、做法，虽嫌简陋，但层次井然，已粗具食谱之规模。其最大缺点为饮膳与医疗混为一谈，一似某物可治某症，至少是"补中益气""生津止渴"。于是有所谓"食疗"之说。其中颇有附会可笑者，例如："鸳鸯，味咸平，有小毒，主治瘘疮，若夫妇不和者，做羹私与食之，即相爱。"卢照邻诗："得成比目何辞死，愿作鸳鸯不羡仙。"只是譬喻罢了，难道吃了鸳鸯肉便可以晨夕交颈？再如，"马肉……长筋骨，强腰膝，壮健轻身""白马茎……令人有子""马心主喜忘"，都属于联想附会之说。至于神仙服食云云，更是荒诞不经，所谓"铁瓮先生琼玉膏"，服此一料可寿百岁以至三百六十岁，而且还"勿轻示人"！有时候也有一些话是近情近理，例如，"五谷为食，五果为助，五肉（畜）为益，五菜为充"，语出《素问·藏气法食（时）论》，隐隐然也合于现代所谓的"平衡的膳食"之说。

　　读此书令人最惊异的是，我们现代的人在饮食方面有很大一部分尚流连在《饮膳正要》所代表的阶段。不见夫"秋风起矣，及时进补"的标语？当归鸭、香肉，均无非是食疗食补的妙品。《饮膳正要》不是没有一点营养学的知识，只是尚在经验摸索的阶段，缺乏科学的分析与根据。

读《中国吃》

　　中国人馋，也许北平人比较起来最馋。馋，若是译成英文很难找到适当的字。译为 piggish, gluttonous, greedy 都不恰，因为这几个字令人联想起一副狼吞虎咽的饕餮相，而真正馋的人不是那个样子。中国宫廷摆出满汉全席，富足人家享用烤乳猪的时候，英国人还用手抓菜吃，后来知道用刀叉也常常是在宴会中身边自带刀叉备用，一般人怕还不知蔗糖胡椒为何物。文化发展到相当程度，人才知道馋。

　　读了唐鲁孙先生的《中国吃》，一似过屠门而大嚼，使得馋人垂涎欲滴。唐先生不但知道的东西多，而且用地道的北平话来写，使北平人觉得益发亲切有味，忍不住，我也来饶舌。

　　现在正是吃焅烤涮的时候，事实上一过中秋焅烤涮就上市了，不过要等到天真冷下来，吃焅烤涮才够味道。东安市场的东来顺生意鼎盛，比较平民化一些，更好的地方是前门肉市的正阳楼。那是一个弯弯曲曲的陋巷，地面上经常有好深的车辙，不知现在拓宽了没有。正阳楼的雅座在路东，有两个院子，大概有十来个座儿。前院放着四个烤肉支子，围着几条板凳。吃烤肉讲究一条腿踩在凳子上，作金鸡独立状，然后探着腰自烤自吃自酌。正阳楼出名的是螃蟹，个儿特别大，别处吃不到，因为螃蟹从天津运来，正阳楼出大价钱优先选择，所以特大号的螃蟹全在正阳楼，落不到旁人手上。买进之后要在大缸里养好几天，每天浇以鸡蛋白，所以长得个个顶盖儿肥。客人进门在二道门口儿就可以看见一大缸一大缸的"无肠公子"。平常一个人吃一尖一团就足够了，佐以高粱最为合适。吃螃蟹的家伙也很独到，一个小圆木盘，一只小木槌子，每客一份。如果你觉得这套家伙好，而且你又是常客，临去带走几副也无所谓，小账当然要多给一点儿。螃蟹吃过之后，烤肉涮肉即可开始。肉是羊肉，不像烤肉季、烤肉宛那样以牛肉为主。正阳楼的切羊肉的师傅是一把手，他用一块抹布包在一条羊肉上（不是冰箱冻肉），快刀慢切，切得飞薄。黄瓜条，三叉儿，大肥片儿，上脑儿，任听尊选。一盘没有几片，够两筷子。如果喜欢吃涮的，早点吩咐伙计升好锅子熬汤，熟客还可以要一个锅子底儿，那就是别人涮过的剩汤，格外浓。如果要吃烤的，自己到院子里去烤，再不然就教伙计代劳。正阳楼的烧饼也特别，薄薄的两层皮儿，没有瓤儿，烫手热。撕开四分之三，掰开了一股热气喷出，把肉往里一塞，又香又软又热又嫩。吃过螃蟹烤羊肉之后，要想喝点什么便感觉到很为难，因为在那鲜美的食物之后无以为继，喝什么汤也没有滋味了。有高人点指，螃蟹烤肉之后唯一压得住阵脚的是余大甲，大甲就是螃蟹的螯，剥出来的大块螯肉在高汤里一汆，加芫荽末，加胡椒面儿，撒上回锅油炸麻花儿。只有这样的一碗汤，香而不腻。以蟹始，以蟹终，吃得服服帖帖。烤羊肉这种东西，很容易食过量，饭后备有普洱酽茶帮助消化，向堂倌索取即可，否则他是不送上的。如果有人贪食过量，当场动弹不得，撑得翻白眼儿，人家还备有特效解药，那便是烧焦了的栗子，磨成灰，用水服下，包管你肚子里咕噜咕噜响，躺一会儿就没事了。雅座都有木炕可供小卧。正阳楼也卖普通炒菜，不过吃主总是专吃它的螃蟹羊肉。台湾也有所谓蒙古烤肉，铁支子倒是蛮大的，羊肉的质料不能和口外的绵羊比，而且烤的作料也不大对劲，什么红萝卜丝辣椒油全掺上去了。烧饼是小厚墩儿，好厚的心子，肉夹不进去。

上面说到炰烤涮，炰是什么？炰或写作"爆"。是用一面平底的铛（音铮[1]）放在炉子上，微火将铛烧热，用焦煤、木炭、柴均可。肉蘸了酱油香油，拌了葱姜之后，在铛上滚来滚去就熟了，这叫作铛包羊肉，味清淡，别有风味。中秋过后什刹海路边上就有专卖铛炰羊肉的摊子。在家里用烙饼的小铛也可以对付。至于普通馆子的炰羊肉，大火旺油加葱爆炒，那就是另外一码子事了。

东兴楼是数一数二的大馆子，做的是山东菜。山东菜大致分为两帮，一是烟台帮，一是济南帮，菜数作风不同。丰泽园明湖春等比较后起，属于济南帮。东兴楼是属于烟台帮。初到东兴楼的人没有不诧异的，其房屋之高，高得不成比例，原来他们是预

---

[1] 此处应为"撑"。

备建楼的，所以木料都有相当的长度，后来因为地址在东华门大街，有人挑剔说离皇城根儿太近，有借以窥探宫内之嫌，不许建楼，所以为了将就木材，房屋的间架特高。别看东兴楼是大馆子，他们保存旧式作风，厨房临街，以木栅做窗，为的是便利一般的"口儿厨子"站在外面学两手儿。有手艺的人不怕人学，因为很难学到家。客人一掀布帘进去，柜台前面一排人，大掌柜的，二掌柜的、执事先生，一齐点头哈腰："二爷您来啦！""三爷您来啦！"山东人就是不喊人作大爷，大概是因为武大郎才是大爷之故。一声"看座"，里面的伙计立刻应声。二门有个影壁，前面大木槽养着十条八条的活鱼。北平不是吃海鲜的地方，大馆子总是经常备有活鱼。东兴楼的菜以精致著名，调货好，选材精，规规矩矩。炸胗一定去里儿，爆肚儿一定去草芽子。爆肚仁有三种做法，油爆、盐爆、汤爆，各有妙处，这道菜之最可人处是在触觉上，嚼上去不软不硬不韧而脆，雪白的肚仁衬上绿的香菜梗，于色香味之外还加上触，焉得不妙？我曾一口气点了油爆盐爆汤爆三件，真乃下酒的上品。芙蓉鸡片也是拿手，片薄而大，衬上三五根豌豆苗，盘子里不汪着油。烩乌鱼钱带割雏儿也是著名的。乌鱼钱又名乌鱼蛋，蛋字犯忌，故改为钱，实际是鱼的卵巢。割雏儿是山东话，鸡血的代名词，我问过许多山东朋友，都不知道这两个字如何写法，只是读如割雏儿。锅烧鸡也是一绝，油炸整只仔鸡，堂倌拿到门外廊下手撕之，然后浇以烩鸡杂一小碗。就是普通的肉末夹烧饼，东兴楼的也与众不同，肉末特别精特别细，肉末是切的，不是斩的，更不是机器轧的。拌鸭掌到处都有，东兴楼的不夹带半根骨头，垫底的黑木耳适可而止。糟鸭片没有第二家能比，上好的糟，糟得彻底。民国十五年夏，一批朋友从外国游学归来，时昭瀛意气风发要大请客，指定东兴楼，要我做提调，那时候十二元一席就可以了，我订的是三十元一桌，内容丰美自不消说，尤妙的是东兴楼自动把埋在地下十几年的陈酿花雕起了出来，羼上新酒，芬芳扑鼻，这一餐吃得杯盘狼藉，皆大欢喜。只是风流云散，故人多已成鬼，盛筵难再了。东兴楼于抗战期间在日军高压之下停业，后来在帅府园易主重张，胜利后曾往尝试，则已面目全非，当年手艺不可再见。

致美楼，在煤市街，路西的是雅座，称致美斋，厨房在路东，斜对面。也是属于烟台一系，菜式比东兴楼稍粗一些，价亦稍廉，楼上堂倌有一位初仁义，满口烟台话，一团和气。咸白菜酱萝卜之类的小菜，向例是伙计们准备，与柜上无涉，其中有一色是酱豆腐汁拌嫩豆腐，洒上一勺麻油，特别好吃。我每次去初仁义先生总是给我一大碗拌豆腐，不是一小碟。后来初仁义升做掌柜的了。我最欢喜的吃法是要两个清油饼（即面条盘成饼状下锅油煎）再要一小碗烩两鸡丝或烩虾仁，往饼上一浇。我给起了个名字，叫过桥饼。致美斋的煎馄饨是别处没有的，馄饨油炸，然后上屉一蒸，非常别致。砂锅鱼翅炖得很烂，不大不小的一锅足够三五个人吃，虽然用的是翅根儿，不能和黄鱼尾比，可是几个人小聚，得此亦是最好不过的下饭的菜了。还有芝麻酱拌海参丝，加蒜泥，冰得凉凉的，在夏天比什么冷荤都强，至少比里脊丝拉皮儿要高明得多。到了快过年的时候，致美斋特制萝卜丝饼和火腿月饼，与众不同，主要是用以馈赠长年主顾，人情味十足。初仁义每次回家，都带新鲜的烟台苹果送给我，有一回还带了几个莱阳梨。

厚德福饭庄原先是个烟馆，附带着卖一些馄饨点心之类供烟客消夜。后来到了袁氏当国，河南人大走红运，厚德福才改为饭馆。老掌柜的陈莲堂是河南人，高高大大的，留着山羊胡子，满口河南土音，在烹调上确有一手。当年河南开封是办理河工的主要据点，河工是肥缺，连带着地方也富庶起来，饭馆业跟着发达，这就和扬州为盐商汇集的地方所以饮宴一道也很发达完全一样。袁氏当国以后，河南菜才在北平插进一脚，以前全是山东人的天下。厚德福地方太小，在大栅栏一条陋巷的巷底，小小的招牌，看起来不起眼，有人连找都不易找到。楼上楼下只有四个小小的房间，外加几个散座。可是名气不小，吃客没有不知道厚德福的。最尴尬的是那楼梯，直上直下的，坡度极高，各层相隔甚巨。厚德福的拿手菜，大家都知道，包括瓦块鱼，其所以做得出色主要是因为鱼新鲜肥大，只取其中段，不惜工本，成绩怎能不好？勾汁儿也有研究，要浓稀甜咸合度。吃剩下的汁儿焙面，那是骗人的，根本不是面，是刨番薯丝，要不然炸出来怎能那么酥脆？另一道名菜是铁锅蛋，说穿了也就是南京人所谓涨蛋，不过厚德福的铁锅更能保温，端上桌还久久地滋滋响。我的朋友赵太侔曾建议在蛋里加上一些美国的 Cheese 碎末，试验之后风味绝佳，不过不喜欢 Cheese 的人说不定会"气死"！炒鱿鱼卷也是他们的拿手，好在发得透，切得细，旺油爆炒。核桃腰也是异曲同工的菜，与一般炸腰花不同之处是他的刀法好，火候对，吃起来有咬核桃的风味。后有人仿效，真个地把核桃仁加进腰花一起炒，那真是不对意思了。最值一提的是生炒鳝鱼丝。鳝鱼味美，可是山东馆不卖这一道菜，谁要是到东兴楼致美斋去点鳝鱼，那简直是开玩笑。淮扬馆子做的软儿或是炝虎尾也很好吃，但风味不及生炒鳝鱼丝，因为生炒才显得脆嫩。在台湾吃不到这个菜。华西街有一家海鲜店写着"生炒鳝鱼"四个大字，尚未尝试过，不知究竟如何。厚德福还有一味风干鸡，到了冬天一进门就可以看见房檐下挂着一排鸡去了脏腑，留着羽毛，填进香料和盐，要挂很久，到了开春即可取食。风干鸡下酒最好，异于熏鸡卤鸡烧鸡白切油鸡。

　　厚德福之生意突然猛晋是由于民初先农坛城南游艺园开放。陈掌柜托警察厅的朋友帮忙抢先弄到营业执照，匾额就是警察厅擅写魏碑的那一位刘勃安先生的手笔（北平大街小巷的路牌都是出自他手）。平素陈掌柜培养了一批徒弟，各有专长，例如梁西臣善使旺油，最受他的器重。他的长子陈景裕一直跟着父亲做生意。营利所得，同伙各半，因此柜上、灶上、堂口上融洽合作。城南游艺园风光了一阵子，因楼塌砸死了人而歇业，厚德福分号也只好跟着关门。其充足的人力、财力无处发泄，老店地势局促不能扩展，而且他们笃信风水，绝对不肯迁移。于是乎厚德福向国内各处展开，沈阳、长春、黑龙江、西安、青岛、上海、香港、昆明、重庆、北碚等处分号次第成立，现在情形如何就不知道了。厚德福分号既多，人手渐不敷用，同时菜式也变了质，不复能维持原有作风。例如，各地厚德福以北平烤鸭著名，那就是难以令人逆料的事。

说起烤鸭，也有一段历史。

北平不叫烤鸭，叫烧鸭子。因为不是喂养长大的，是填肥的，所以有填鸭之称。填鸭的把式都是通州人，因为通州是运河北端起点，富有水利，宜于放鸭。这种鸭子羽毛洁白，非常可爱，与野鸭迥异。鸭子到了适龄的时候，便要开始填。把式坐在凳子上，把只鸭子放在大腿中间一夹，一只手掰开鸭子的嘴，一只手拿一根比香肠粗而长的预先搓好的饲料硬往嘴里塞，塞进嘴之后顺着鸭脖子往下捋，然后再一根下去，再一根下去……填得鸭子摇摇晃晃。这时候把鸭子往一间小屋里一丢，小屋里拥挤不堪，绝无周旋余地，想散步是万不可能。这样填个十天半个月，鸭子还不蹾膘？

吊炉烧鸭是由酱肘子铺发卖，以从前的老便宜坊为最出名，之后金鱼胡同西口的宝华春也还不错。饭馆子没有自己烤鸭子的，除了全聚德以专卖鸭全席之外。厚德福不卖烧鸭，只有分号才卖，起因是柜上有一位张诗舫先生，精明能干，好多处分号成立都是他去打头阵，他是通州人，填鸭是内行，所以就试行发卖北平烤鸭了。我在北碚的时候，他去筹设分号，最初试行填鸭，填死了三分之一，因为鸭种不对，禁不住填，后来减轻填量才获相当的成功。吊炉烧鸭不能比叉烧烤鸭，吊炉烧鸭因为是填鸭，油厚，片的时候是连皮带油带肉一起片。叉烧烤鸭一般不用填鸭，只拣稍微肥大一点儿就行了，预先挂起晾干，烤起来皮和肉容易分离，中间根本没有黄油，有些饭馆干脆把皮揭下盛满一大盘子上桌，随后再上一盘子瘦肉。那焦脆的皮固然也很好吃，然而不是吊炉烧鸭的本来面目。现在台湾的烤鸭，都不是填鸭，有那份手艺的人不容易找。至于广式的烧鸭以及电烤鸭，那都是另一个路数了。

在福全馆吃烧鸭最方便，因为有个酱肘子铺就在右首不远，可以喊他送一只过来，鸭架装打卤，斜对面灶温叫几碗一窝丝，实在最为理想，宝华春楼上也可以吃烧鸭，现烧现片，烫手热，附带着供应薄饼葱酱盒子菜，丰富极了。

在《中国吃》这本书里，唐先生还提起锡拉胡同玉华台的汤包，那的确是一绝。

玉华台是扬州馆，在北平算是后起的，好像是继春华楼而起的第一家扬州馆，此后如八面槽的淮扬春以及许多什么什么春的也都跟着出现了。玉华台的大师傅是从东堂子胡同杨家（杨世骧）出来的，手艺高超。我在北平的时候，北大外文系女生杨毓恂小姐毕业时请外文系教授们吃玉华台，胡适之先生也在座，若不是胡先生即席考证我还不知杨小姐就是东堂子胡同杨家的千金。老东家的小姐出面请客，一切伺候那还错得了？最拿手的汤包当然也格外加工加细。从笼里取出，须用手捏住包子的褶儿，猛然提取，若是一犹疑就怕要皮破汤流不堪设想。其实这玩意儿是吃个新鲜劲儿。谁吃包子尽吮汤呀？而且那汤原是大量肉皮冻为主，无论加什么材料进去，味道不会十分鲜美。包子皮是烫面做的，微有韧性，否则包不住汤。我平常在玉华台吃饭，最欣赏它的水晶虾饼，厚厚的扁圆形的摆满一大盘，洁白无瑕，几乎是透明的，入口软脆而松。做这道菜的诀窍是用上好白虾，羼进适量的切碎的肥肉，若完全是虾既不能脆更不能透明，入温油徐徐炸之，不要焦，焦了就不好看。不说穿了，谁也不知道里头有肥肉，怕吃肥肉的人最好少下箸为妙。一般馆子的炸虾球也差不多是一个做法，可能羼了少许芡粉，也可能不完全是白虾。玉华台还有一道核桃酪也做得好，当然根本不是酪，是磨米成末，拧汁过滤（这一道手续很重要，不过滤则渣粗），然后加入红枣泥（去皮）使微呈紫红色，再加入干核桃磨成的粉，取其香。这一道甜汤比什么白木耳莲子羹或罐头水果充数的汤要强得多。在家里也可以做，泡好白米捣碎取汁，和做杏仁茶的道理一样。自己做的核桃酪我发觉比馆子里大量出品的还要精细可口些。

北平的吃食，怎么说也说不完。唐鲁孙先生见多广识，实在令人佩服。我虽然也是北平生长大的，接触到的生活面很窄。有一回齐如山老先生问我吃过哈达门外的豆腐脑没有，我说没有，他便约了几个人（好像陈纪滢先生也在内）到哈达门外路西一个胡同里，那里有好几家专卖豆腐脑的店，碗大卤鲜豆腐嫩，比东安市场的高明得多。这虽然是小吃，没人指引也就不得其门而入。又例如灌肠是我最喜爱的食物，煎得焦焦的，那油不是普通的油，是卖"熏鱼儿"的作坊所撇出来的油，有说不出的味道。所谓卖"熏鱼儿的"，当初是有小条的熏鱼卖，后来熏鱼就不见了，只有猪头肉、肠子、肝脑、猪心等等。小贩背着木箱串胡同，口里吆喝着"面筋哟！"其实卖的是猪头肉等，面筋早已不见了，而你喊他过来的时候却要喊："卖熏鱼儿的！"这真是一怪。有人告诉我要吃真正的灌肠需要到后门外桥头儿上那一家去，那才是真正的灌肠，又粗又壮的肠子就和别处不同，而且是用真正的猪肠。

这一说明把我吓退，猪肠太肥，至今不曾去尝试过，可是有人说那味道确实不同。小吃还有这么多讲究，饭馆子饭庄子里面的学问当然更大了去了。我写此短文，不是为唐先生的大文做补充，要补充我也补充不了多少，我只是读了唐先生的书，心里一痛快，信口开河，凑个趣儿。

再谈"中国吃"

前些时候写了一篇《读〈中国吃〉》，乃是读了唐鲁孙先生大作，一时高兴，补充了一些材料，还有劳郑百因先生给我作了笺注。后来我又写了一篇《酪》，一篇《面条》，除了嘴馋之外也还带有几许乡愁。有些朋友鼓励我多写几篇这一类的文字，但是也有人在一旁"挑眼"。海外某处有刊物批评说，我在此时此地写这样的文字是为贵族阶级的奢侈生活张目，言外之意这个罪过不小。有人劝我，对于这种批评宜一笑置之。我觉得置之可也，一笑却不值得。

民以食为天，这句话见《史记·郦食其传》，"王者以民人为天！而民人以食为天"。所谓天，乃表示其崇高重要之意。洪范八政，一曰食。文子所说"老子曰，食者民之本也，民者国之基也"，也是这个意思。对于这个自古以来即公认为人生首要之事，谈谈何妨？人有富贵贫贱之别，食当然有精粗之分。大抵古时贫富的差距不若后世之甚。所谓鼎食之家，大概也不过是五鼎食。

日食万钱，犹云无下箸处，是后来的事。我看元朝和斯辉[1]撰《饮膳正要》，可以说是帝王之家的食谱，其中所列水陆珍馐种类不少，以云烹调仍甚简陋。晚近之世，奢靡成风，饮食一道乃得精进。扬州夙称胜地，富商云集，放烹调之术独步一时，苏、杭、川，实皆不出其范畴。黄河河工乃著名之肥缺，饮宴之精自其余事，故汴、洛、鲁，成一体系。闽粤通商口岸，市面繁华，所制馔食又是一番景象。至于近日报纸喧腾的"满汉全席"，那是低级趣味荒唐的噱头。以我所认识的人而论，我不知道当年有谁见过这样的世面。北平北海的仿膳，据说掌灶的是御膳房出身，能做一百道菜的全席，我很惭愧不曾躬逢其盛，只吃过称羼有栗子面的小窝头，看他所做普通菜肴的手艺，那满汉全席不吃也罢。

一般吃菜均以馆子为主。其实饭馆应以灶上的厨师为主，犹如戏剧之以演员为主。一般的情形，厨师一换，菜可能即走样。师傅的绝技，其中也有一点天分，不全是技艺。我举一个例，"瓦块鱼"是河南菜，最拿手的是厚德福，在北平没有第二家能做。我曾问过厚德福的老掌柜陈莲堂先生，做这一道菜有什么诀窍。我那时候方在中年，他已经是六十左右的老者。他对我说："你想吃就来吃，不必问。"事实上我每次去，他都亲自下厨，从不假手徒弟。我坚持要问，他才不惮烦地从选调货起（调货即材料），一步一步讲到最后用剩余的甜汁焙面止。可是真要做到色香味俱全，那全在掌勺的存乎一心，有如庖丁解牛，不仅是艺，而是近

---

[1] 一译忽思慧，蒙古族。

于道了，他手下的徒弟前后二十多位，真正眼明手快懂得如何使油的只有梁西波一人。瓦块鱼，要每一块都像瓦块，不薄不厚微微翘卷，不能带刺，至少不能带小刺，颜色淡淡的微黄，黄得要匀，勾汁要稠稀合度不多不少而且要透明——这才合乎标准，颇不简单，陈老掌柜和他的高徒均早已先后作古，我不知道谁能继此绝响！如果烹调是艺术，这种艺术品不能长久存留，只能留在人的齿颊间，只能留在人的回忆里，这真是无可奈何的事。

一个饭馆的菜只能有三两样算是拿手，会吃的人到什么馆子点什么菜，堂倌知道你是内行，另眼看待，例如，鳝鱼一味，不问是清炒、黄焖、软兜、烩拌，只是淮扬或河南馆子最为擅长。要吃爆肚仁，不问是汤爆、油爆、盐爆，非济南或烟台帮的厨师不办。其他如川湘馆子广东馆子宁波馆子莫不各有其招牌菜。不过近年来，人口流动得太厉害，内行的吃客已不可多得，暴发的人多，知味者少，因此饭馆的菜有趋于混合的态势，同时师傅徒弟的关系越来越淡，稍窥门径的二把刀也敢出来做主厨，馆子的业务尽管发达，吃的艺术在走下坡。

酒楼饭馆是饮宴应酬的场所，是有些闲人雅士在那里修食谱，但是时势所趋，也有不少人在那里只图一个醉饱。现在我们的国民所得急剧上升，光脚的人也有上酒楼饮茶的，手工艺人也照样地到华西街吃海鲜。还有人宣传我们这里的人民在吃香蕉皮，实在是最愚蠢的造谣。我们谈中国吃，本不该以谈饭馆为限，正不妨谈我们的平民的吃。我小时候，一位同学自甘肃来到北平，看见我们吃白米白面，惊异得不得了，因为他的家乡日常吃的是

"糊"——杂粮熬成的粥。

我告诉他我们河北乡下人吃的是小米面贴饼子，城里的贫民吃的是杂和面窝头。山东人吃的锅盔，那份硬，真得牙口好才行，这是主食，副食呢，谈不到，有棵葱或是大腌萝卜"棺材板"就算不错。在山东，吃红薯的人很多。全是碳水化合物，热量足够，蛋白质则只好取给于豆类。这样的吃食维持了一般北方人的生存。"好吃不过饺子"是华北乡下的话，姑奶奶回娘家或过年才包饺子。乡下孩子们都知道，鸡蛋不是为吃的，是为卖的。摊鸡蛋卷饼只有在款待贵宾时才得一见。乡下也有油吃，菜油花生油豆油之类，但是吃法奇绝，不用匙舀，用一根细木棒套上一枚有孔的铜钱，伸到油瓶里，凭这铜钱一滴一滴把油带出来，这名叫"钱油"。这话一晃好几十年了，现在情形如何我不知道，应该比以前好一些才对。华北情形较穷苦，江南要好得多。

平民吃苦，但是在比较手头宽裕的时候，也知道怎样去打牙祭。例如在北平从前有所谓"二荤铺"，茶馆兼营饭馆，戴毡帽系裙包的朋友们可以手托着几两猪肉，提着一把韭黄蒜苗之类，进门往柜台上一撂，喊一声："掌柜的！"立刻就有人过来把东西接过去，不大工夫一盘热腾腾的肉丝炒韭黄或肉片焖蒜苗给你端到桌上来。我有一次看见一位彪形大汉，穿灰布棉袍——底襟一角塞在裙包上，一望即知是一个赶车的，他走进"灶温"独据一桌，要了一斤家常饼分为两大张，另外一大碗炖羊肉，大葱一大盘，把半碗肉倒在一张饼上，卷起来像一根柱子，两手捧扶，左边一口，右边一口，然后中间一口，这个动作连做几次一张饼不见了，然后进行第二张，直到最后他吃得满头大汗青筋暴露。我生平看人吃东西痛快淋漓以此为最。现在台湾，劳动的人在吃食方面普遍地提高，工农界的穷苦人坐在路摊上大啃鸡腿牛排是很寻常的现象了。

平民食物常以各种摊贩的零食来做补充。我写过一篇《北平的零食小吃》[1]记载那个地方的特别食物。各地零食都有一个特点不知大家注意到没有，那就是不分阶级雅俗共赏。成都附近的牌坊面，往来仕商以至贩夫走卒谁不停下来吃几碗？德州烧鸡，火车上的乘客不分等级都伸手窗外抢购。杭州西湖满家陇的桂花栗子，平湖秋月的藕粉，我相信人人都有兴趣。北平的豆汁儿、灌肠、熏鱼儿、羊头肉，是很低级的食物，但是大宅门同样地欢迎照顾。大概天下之口有同嗜，阶级论者对此不知如何解释。

我常觉得我们中国人的吃，不可忽略的是我们的家常便饭。每个家庭主妇大概都有几样烹饪上的独得之秘。有人告诉我，广东的某些富贵人家每一位姨太太有一样拿手菜，老爷请客时便由几位姨太太各显其能加起来成为一桌盛筵。这当然不能算是我所说的家常便饭。有一位朋友告诉我，从前南京的谭院长每次吃烤乳猪是派人到湖南桂东县专程采办肥小猪乘飞机运来的，这当然也不在家常便饭范围之内。记得胡适之先生来台湾，有人在家里请他吃饭，彭厨亲来外会，使出浑身解数做了十道菜，主人谦逊地说："今天没预备什么，只是家常便饭。"胡先生没说什么，

---

[1] 此处应为《北平的零食小贩》。

在座的齐如山先生说话了："这样的家常便饭，怕不要吃穷了？"我所说的家常便饭是真正的家常便饭，如焖扁豆茄子之类，别看不起这种菜，做起来各有千秋。我从前在北平认识一些旗人朋友，他们真是会吃。我举两个例：炸酱面谁都吃过，但是那碗酱如何炸法大有讲究。肉丁也好，肉末也好，酱少了不好吃，酱多了太咸，我在某一家里学得了一个妙法。酱里加炸茄子丁，一碗酱变成了两碗，而且味道特佳。酱要干炸，稀糊糊的就不对劲。又有一次在朋友家里吃薄饼，在宝华春叫了一个盒子，家里配上几个炒菜，那一盘摊鸡蛋有考究，摊好了之后切成五六公分宽的长条，这样夹在饼里才顺理成章，虽是小节，具见用心。以后我看见"和菜戴帽"就觉得太简陋，那薄薄的一顶帽子如何撕破分配均匀？馆子里的菜数虽然较精，一般却嫌油大，味精太多，不如家里的青菜豆腐。可是也有些家庭主妇招待客人，偏偏要模仿饭馆宴席的规模，结果是弄巧反拙四不像了。

常听人说，中国菜天下第一，说这话的人应该是品尝过天下的菜。我年幼无知的时候也说过这样的话，如今不敢这样放肆，因为关于中国吃所知已经不多，外国的吃我所知更少。一般人都说只有法国菜可以和中国菜比，法国我就没有去过。美国的吃略知一二，但可怜得很，在学生时代只能作起码的糊口之计，时常是两个三明治算是一顿饭，中上层阶级的饮膳情形根本一窍不通。以后在美国旅游也是为了撙节，从来不曾为了口腹而稍有放肆。所以对于中西之吃，我不愿做比较的判断。我只能说，鱼翅、燕窝、鲍鱼、溜鱼片、炒虾仁，以至于炸春卷、古老肉……美国人不行，可是讲到汉堡三明治、各色冰激凌以至于烤牛排……我们中国还不能望其项背。我并不"崇洋"，我在外国住，我还吃中国菜，周末出去吃馆子，还是吃中国馆子，不是一定中国菜好，是习惯。我常考虑，我们中国的吃，上层社会偏重色香味，蛋白质太多，下层社会蛋白质不足，碳水化合物太多，都是不平衡，问题是很严重的。我们要虚心地多方研究。

图书在版编目（CIP）数据

有趣生活 / 梁实秋著 . -- 北京：现代出版社，

2021.1

ISBN 978-7-5143-8806-0

Ⅰ . ①有… Ⅱ . ①梁… Ⅲ . ①散文集—中国—现代

Ⅳ . ①I266

中国版本图书馆 CIP 数据核字 (2020) 第 173188 号

有趣生活

作　　者：梁实秋
策　　划：王传丽
责任编辑：张　瑾
出版发行：现代出版社
通信地址：北京市安定门外安华里 504 号
邮政编码：100011
电　　话：010-64267325　64245264（传真）
网　　址：www.1980xd.com
电子邮箱：xiandai@vip.sina.com
印　　刷：三河市宏盛印务有限公司
开　　本：880mm×1230mm　1/32
印　　张：8.75
字　　数：180 千字
版　　次：2021 年 1 月第 1 版　　印　　次：2021 年 1 月第 1 次印刷
书　　号：ISBN 978-7-5143-8806-0
定　　价：45.00 元